詩經文藝

呂珍玉——主編
林增文、黃守正、
施盈佑、趙詠寬——等著

目次

二 寫作主題篇

三　文藝新創篇

洪序・新年穿上新衣的《詩經》

洪國樑

《詩經》是中國最早的詩歌總集，內容涵蓋了政治、生活、文學、歷史、名物等各種方面，其創作時代上始周以前，下迄春秋中葉。歷經五百年歲月的積澱，遍佈遼闊大地的悲喜詩歌，終於集結成卷，化成了一醰佳釀。自漢代設立五經博士後，《詩》被尊為典籍中的經典，成為歷代讀書人治學必讀之書。朗朗上口的詩篇更傳唱於街坊里巷之中，老幼婦孺之口。而今你我所讀《詩經》中的每一個字句，都飽含著三千年的醇香，難怪越讀越醉不願釋卷，越吟越覺意蘊無窮了。

呂珍玉教授師從龍宇純先生，專研訓詁之學，在東海大學任教多年，講授「詩經」、「訓詁學」，出版相關著作多種，是當今《詩經》研究的重要學者。除了專注於學術研究外，她更致力於教學，曾榮獲「東海大學教學優良教師」、「臺中市特殊優良教師」殊榮，深受學生的愛戴。我開設「詩經」課程亦有多年，隨著時代的發展，經典因其文字古奧，艱深難讀，已逐漸被大眾遺忘，若不能跟上時代的腳步，《詩經》將很快成為中文系的專門之學。因此，我深感以現代方式詮釋《詩經》的重要性。但這一過程具有相當大的挑戰，既需要學生認真研讀經典，深體其中精髓，轉化成現代讀者所能接受的方式書寫；也需要老師花費大量心血修改學生的作品，編輯校對更是繁瑣不堪。然而呂教授竟在繁重的教研工作之中，把這一理想變成了現實！今年大年初一呂教授請我為她的師生合集撰寫序言，大過年她還忙著修改學生的作品，確實令人動容。個人樂見《詩經文藝》即將付梓，這已是她經典現代化寫作計畫系列的第四本書了，東海中文系學生能馳騁彩筆賦予《詩經》新生命，是如此令人讚賞。

呂教授師生前三部合集出版後，吸引華人世界各層面的讀者閱讀，尤其深受高中生的歡迎。對於並無深厚經學基礎的高中生來說，這一系列書籍是帶領其進入《詩經》世界的絕佳引路人。若有學生因呂教授的書而立志進入中文系研習《詩經》，繼而登堂入室，成為著名學者，更是貢獻無窮了！呂教授經典現代化的成績如此斐然，實屬不易，真是大學「詩經」課程教學的創舉！

本書共收錄作品六十二篇，按照內容特色分為寫作技巧、寫作主題、文藝新創三篇。細讀全書，學生們的創新能力讓我驚訝，如把詩篇改編成劇本、改寫成小說、改寫成現代詩。許多學生在閱讀詩篇時，不由想起耳邊的愛情歌曲，一經比對，竟發現《詩經》愛情詩與流行歌歌詞所傳達的情感十分吻合。跨越時空，古人的情感可與現代人產生共鳴，並使我們感動。詩可興、觀、群、怨，這是經典的力量，也是我們需要持續閱讀經典的原因。滄海桑田，永恆不變的是人類內心最真摯的感情。此外，許多作品對人物內心的剖析很有深度，引述中外材料強化主題，文筆流暢優美，給我以深刻的印象。期待呂教授的寫作計畫可以不斷持續下去，在經典現代詮釋的路上越走越遠，越走越開闊，影響更多的人來認識《詩經》之美。同時希望有更多的經典可以效法呂教授《詩經》經典現代化的形式，在新時代重新煥發出活力，展現出不朽的價值。

洪國樑

寫於世新大學中文系

民國一〇五年春節

編序・經典的生命力

呂珍玉

這幾天受到極地震盪影響，冷氣團籠罩臺灣，氣溫在三度左右，氣象報告玉山、阿里山、太平山、陽明山這些山區下雪了，接著從來不下雪的新店、龍潭、南庄山丘地區也下雪了，甚至北、中、南不少平地也紛紛下起霰來了。大家很興奮的去追雪，感受天候上的奇蹟。沒想到在這樣冰天雪地的時候，同學們投稿《詩經文藝》稿件也紛紛如雪花般飛來。

整理了一下，竟然有九十幾篇，汰除一些不太適合的篇章，收入作品共六十二篇，果然等候一年後，同學們沒讓我失望。除了臺籍生外，還有馬來西亞籍生、大陸交換生；東海學生外，還有中興、彰師大學生；大三修「詩經」課生外，還有大四、碩博士生，甚至還未接觸「詩經」課的大二生，這樣的參與熱誠，確實令人振奮，使我更加堅定推行經典現代化的職責和使命。

現代年輕人普遍不喜歡古典文學，遑論以歷史道德解釋，不易親近的經典了，而今他們願意嘗試以現代的方式來詮釋《詩經》，令人欣喜莫名。我的《詩經》經典現代化寫作計畫，在繼《閱讀詩經》、《詩經的智慧》、《詩經中的生活》之後，眼看《詩經文藝》即將誕生，在雨雪霏霏的冬夜，一盞孤燈伴我檢視修訂每篇稿件，不僅不覺寒冷，同學們字裡行間提煉經典的溫度，讓人內心熱血澎湃。

《詩經》為中國文學之源，語言詞彙豐富、各種寫作技巧、文藝表現形式、題材內容廣為後代文學所接受，是座蘊藏豐富的寶山。本書分為寫作技巧、寫作主題、文藝新創三編，分別收入寫作技巧篇十六篇，包括複沓、視點、比興、想像、誇飾、意象、剪影、映襯、呼告、抒情方式等等，展現《詩經》豐富多樣的文藝書寫方式與技巧。寫作主題篇二十八篇，主要以青年學子最喜愛的愛情類為多，其他亦旁及植物、親情、征戍、悼亡、女性議題、隱逸、讒言、占卜、頌禱類的書寫主題，由於有些類型僅有一篇，因此未作主題細分，於此亦見《詩經》涉及議題廣泛，深入生活中各種不同面向。最難得的是文藝新創篇了，共有十八篇，同學以散文、小說、電影劇本、現代詩等各種不同表現形式來閱讀《詩經》，賦予這古老經典鮮活的生命力，吹進許多現代符碼元素，一篇篇像是發生在身邊的故事，拉近了現代讀者和《詩經》間的距離。

大陸近年來對於《詩經》的傳播接受方式非常多元，除了傳統的紙本書寫外，還有百家講堂、微電影、流行歌曲等，五花八門的不同新詮方式。經典流傳千年，因為時空的隔絕，不得不新創改編，以符合現代人的胃口。改編之作距離《詩經》文本之遠近不一，有些可能只沾一點邊，除了偶引《詩經》中一二話語外，幾乎和《詩經》沒多大關係，如何傳播接受，賦予它新的時代意義，值得不斷嘗試下去。

本書之出版，要特別感謝萬卷樓出版公司張晏瑞主編和編輯組各位的辛勞，洪國樑教授幫忙撰寫序言加持勉勵，東海大學教學卓越計畫補助出版印刷費，以及所有投稿同學的認真撰寫和授權分享。

呂珍玉

撰於新莊樂知居

民國一〇五年一月二十四日寒夜

一　寫作技巧篇

沒有，因為你只想到你自己

趙詠寬

親愛的長頸鹿您好：

「我」是一個不善表達自己的咖啡，經常被長輩說「我」很自私，從來不會考慮到他人。但是「我」每次被人喝掉的時候，誰想到「我」呢？有什麼偉大的著作證明「我」不自私！您是否能解答「我」的疑惑呢？謝謝您。祝

脖子早日康復　不要再被燙傷

無助的咖啡留

----------------長頸鹿專欄分隔線----------------

親愛的咖啡您好：

您一定是非常地無助與辛酸吧！談「我」怎麼會自私呢？俗話說：「盡其在『我』」，可見了解自「我」是多麼重要。至於偉大的著作「我」推《詩經》，中國最早的詩歌總集，厲害吧！如果您感覺不到，換個說法，中國儒家六經之首，夠偉大了吧！

您知道嗎？《詩經》多次談到「我」！不相信嗎？證據如下。《詩經》總共三百零五首，出現「我」的詩有一百五十六首，佔整本《詩經》的百分之五十一，超過一半以上。您看，數量是不是很多？那麼出現「我」次數的前三名詩歌是什麼？「我」來告訴您吧！第一名〈小雅．正月〉，出現十六次「我」；第二名〈小雅．蓼莪〉，出現十三次「我」；第三名四位，分別是〈邶風．谷風〉、〈王風．黍離〉、〈豳風．東山〉、〈小雅．何人斯〉，各出現十二次「我」。

您可能問這些詩的內容是什麼？「我」簡單說一下，〈小雅．正月〉描述自己憂國憂民且被小人打壓的心情；〈小雅．蓼莪〉敘述無法及時行孝的哀傷；〈邶風．谷風〉陳述丈夫用情不專、喜新厭舊的委屈；〈王風．黍離〉闡述自己憂國憂民，不被人理解的無奈；〈豳風．東山〉細述軍人打完戰後念故鄉的心情；〈小雅．何人斯〉自述不解朋友的陰險，與之絕交的心情。您看到嗎？這些「我」的主題自私嗎？只有想到自己嗎？不是！是擔憂國家未來、百姓生命、父母安樂、夫妻情感、朋友相處，從大至小，切中自身的人生議題。

您也許會問為什麼不委婉含蓄、間接表達就好，卻要用「我」這第一人稱直接書寫呢？「我」就這樣說明吧！每首好詩代表作者真摯的情感，情感寫得隱晦固然不錯，但是要「猜」！越難「猜」也就是越難「拆」，挑戰性十足，好不「無聊」。然人與人的矛盾不就是「猜」不透、無法「拆」解嗎？如果一位朋友願意將心裡話直白地說，是不是更了解他在想什麼？更理解如何回應他？也更知道如何拆解他的枷鎖。人與人之間的相處尚且如此，更何況文學作品？許多隱晦的文學作品神祕、朦朧，往往是千古之謎，這是作者自己的選擇。但由上一段分享可以知道，《詩經》的作者們希望自己的情感為眾人接觸，生命的故事為世人看見。也許問題無法解決，但至少讓人知道，過去有人跟您一樣痛苦、哀傷或是快樂……很大的期望就是這樣的悲劇不要再發生。

您是否顧慮這樣作品會「不夠客觀」？「我」先談一種狀況吧！俗話說「當局者迷」，但不當局者真的比較清楚事件的來龍去脈？還是常陷入「狀況外」，比當局者更「迷」？「我」想分享的是，追求客觀的同時常常會失去自「我」。文學作品上，第三人稱作品比較容易見到事物的全貌。可是，如果您「身陷其中」呢？這時有人對您說：「來！『我』們跳出框框，客觀地看待這事情。」試問，您還活在當下嗎？這樣的客觀是冷靜還是疏離呢？

您可能想看看例子吧！「我」們看一首〈齊風．還〉，詩是這樣說的：

子之還兮，遭我乎峱之間兮。並驅從兩肩兮，揖我謂我儇兮。
子之茂兮，遭我乎峱之道兮。並驅從兩牡兮，揖我謂我好兮。
子之昌兮，遭我乎峱之陽兮。並驅從兩狼兮，揖我謂我臧兮。

您看到了嗎？作者興奮地述說對方如何稱讚「我」的打獵技術有多好，作者也稱讚對方的狩獵高超，是知彼知己，惺惺相惜的歡樂氛圍。清楚表達「我」的感受，讓對方感受到他的真誠、付出您有接受到是一件「超重要」的事！您也才會意識到世界上還有人在關愛著您，您說不是嗎？祝

尋回自我　源源不絕

不再燙傷的長頸鹿留

作者小傳

趙詠寬，彰師大國文所博士班學生。思考人為何有意志？意志自由嗎？知我者，謂我心憂，不知我者，謂我何求？知我如此，不如無生。

因爲很重要，所以說三次

趙詠寬

〈螽斯．周南〉

螽斯羽，詵詵兮，宜爾子孫，振振兮。
螽斯羽，薨薨兮，宜爾子孫，繩繩兮。
螽斯羽，揖揖兮，宜爾子孫，蟄蟄兮。

「ㄟ！那個……」吉他社社員一提。

「我不矮，好嗎？」文藝青年社社員道。

「ㄟ！可是那個……」吉他社社員再提。

「我不矮！我不矮！我不矮！『因為很重要，所以說三次！』了嗎？」文藝青年社社員不耐煩道。

「好啦！好啦！好啦！不鬧你了，我只是想問『因為很重要，所以說三次！』

的梗是從哪來的。」吉他社社員安撫貌。

「不就出自『中一中告白文』嗎？」文藝青年社社員白眼道。

「可是，我聽說是日本的藥品廣告耶！而且只要說二次就可以了。」吉他社社員思索貌。

「你既然有答案了幹嘛問我？」文藝青年社社員轉而離去的話語。

「天啊！我是不是永遠找不到這梗的答案啊？」吉他社社員渴望真理貌。

------------Bling------------Bling------------Bling------------

「您的呼喚，我們聽見了！親愛的，我這不是來了嗎？」神秘人道。

「你是誰？你是從哪裡冒出來的？」吉他社社員驚嚇貌。

「先別管這個了，您聽過『一唱三嘆』嗎？」神秘人和藹道。

「沒有。」吉他社社員不解貌。

「沒關係，那『所謂伊人，在水一方』聽過嗎？」神秘人非常和藹道。

「沒有。」吉他社社員再次不解貌。

「好！那『一日不見，如三秋兮』總該聽過吧？」神秘人非常非常和藹道。

「沒有。」吉他社社員再三不解貌。

「同學！你等我一下下……」神秘人往後轉身道。

「好窩！」吉他社社員天真無邪道。

------------murmur------------murmur------------murmur------------

「昊天啊！為什麼派這艱鉅的任務給我？」

「為什麼這位大學生什麼都不知道？」

「現在的教育怎麼了？」

------------change------------change------------change------------

「先生！先生！先生！你還好嗎？」吉他社社員關心道。

「我沒事，您是不是會彈吉他？」神秘人微笑道。

「是呀！你怎麼知道的？」吉他社社員驚訝道。

「先別管這個了，您知道『副歌』嗎？」神秘人微笑道。

「當然知道啊！副歌是歌曲的高潮，超重要的！基本上會出現兩次，有時候會出現三次喔！」吉他社社員答道。

「那不同次的副歌歌詞會有區別嗎？」神秘人微笑問道。

「要看狀況！如果副歌歌詞沒有區別的話，就要靠我們的彈奏、演唱，來區別每一次的情感強弱；如果副歌歌詞有區別的話，越後面出現的，歌詞的用字會比較轉折，情感就會更深刻。我舉逃跑計畫〈夜空中最亮的星〉的副歌給你聽好了：

我祈禱擁有一顆透明的心靈　和會流淚的眼睛
給我再去相信的勇氣　OH越過謊言去擁抱你
每當我找不到存在的意義　每當我迷失在黑夜裡
OH夜空中最亮的星　請指引我靠近你

我寧願所有痛苦都留在心裡　也不願忘記你的眼睛
給我再去相信的勇氣　OH越過謊言去擁抱你
每當我找不到存在的意義　每當我迷失在黑夜裡
OH夜空中最亮的星　OH請照亮我前行

我祈禱擁有一顆透明的心靈　和會流淚的眼睛
給我再去相信的勇氣　OH越過謊言去擁抱你
每當我找不到存在的意義　每當我迷失在黑夜裡
OH夜空中最亮的星　OH請照亮我前行

因為我現在沒吉他，只能清唱給你聽，要不然彈吉他時，副歌第一句EM和弦一撥下去，超有FU的！如果是樂團演奏時，人的和聲與樂器的合奏會逐次增多、增強，這首副歌的氣勢就會越來越強，有悲壯的感覺！」吉他社社員鉅細靡遺道。

「您懂得還真多呢！」神秘人讚許道。

「嘸啦！是你不甘棄嫌啦！」吉他社社員志得意滿道。

「等一下！副歌很重要，出現三遍，所以……」吉他社社員驚覺道。

「所以什麼呢？」神秘人微笑問道。

「也就是說人類最初的副歌歌詞可能會唱三遍，所以我只要找最早的歌就知道啦！可是關鍵字是什麼呢？」吉他社社員思索道。

「要不要用『最早的詩歌總集』找看看啊！」神秘人好心道。

「好喔！等我一下下，我用手機查查看……」吉他社社員搜尋貌。

「我的任務結束了，再見囉！」神秘人微笑道。

「等一下！我還不知道你是從哪裡來的……」吉他社社員些微不捨道。

「先別管這個了，您知道『昊天』嗎？再見！再見！」神秘人只聞其聲道。

作者小傳

趙詠寬，彰師大國文所博士班學生。曾在偏鄉服務，教育現場師資與資金非常缺！非常缺！非常缺！因為很重要，所以說三次！希望能讓更多人看見這問題。

「美麗的等待」

〈采綠〉

黃守正

〈采綠〉是我很喜愛的一首詩，在詩中我看到了一個女子企盼的心情，一場美麗的等待。

終朝采綠，不盈一匊。予髮曲局，薄言歸沐。
終朝采藍，不盈一襜。五日為期，六日不詹。
之子于狩，言韔其弓；之子于釣，言綸之繩。
其釣維何？維魴及鱮。維魴及鱮，薄言觀者。

整個早上都在採摘菉草，卻少的連掌心還捧不滿。
我的頭髮似乎凌亂不堪，要趕緊回家梳洗打扮。
整個早上都在採摘藍草，卻少的連衣襟還兜不滿。

他說五月就會回來，如今六月了仍不見蹤影。
他在狩獵時，我會把箭弓準備好；
他要釣魚時，我會將釣繩整理好。
你知道他都釣到了什麼嗎？最多的就是魴魚和鱮魚。
那些魴魚和鱮魚，若你親眼看到，就知道有多麼的豐碩肥美啊！

從文藝的角度看〈采綠〉，古老的《詩序》認為這是一首「諷刺詩」。所謂：「刺怨曠也。幽王之時，多怨曠者也。」《鄭箋》說：「怨曠者，君子行役過時之所由也。而刺之者，譏其不但憂思而已，欲從君子于外，非禮也。」諷刺幽王無道，讓士兵長期行役不得返鄉，破壞平民百姓的家庭生活，女子甚至因落寞得不到幸福而想要拋棄禮法，離家尋訪夫君，隨他而去。

《詩序》的「諷刺」解讀固然有其時代意義，然而每當我閱讀〈采綠〉，令我印象深刻的卻是詩中女子細膩的心理變化。女子因等待愛人而無心採作，思緒盤旋在歸期已到仍遲遲未見的愛人。採摘菉草、藍草時總心不在焉，整個早上所獲無幾。在等待的過程中，過度的企盼轉為焦慮，焦慮著愛人可能會隨時出現，因而擔心自己是否頭髮凌亂、樣貌不佳，急切的想回家梳洗打扮，希望能以最佳狀態呈現在愛人眼前。腦海中也浮現了許多想像的畫面，她如何幫愛人準備狩獵、釣魚的工具，甚至釣到了豐碩肥美的魴魚和鱮魚。

清人陳僅《詩誦》讚譽〈采綠〉說：「千古閨情詩，此為壓卷。」女子閨閣的寂寥心事，企盼良人歸來的微妙思緒，我也認為〈采綠〉傳達得十分貼切。女子因等待而焦慮，在長期的等待過程中，腦海中甚至出現各種想像，從「文藝心理學」的概念來分析，這就是「移情作用」。

所謂「移情作用」，就是「將主觀的情感，轉移到想像的對象或事件，並意識到二者合而為一。」等待是一種特殊的心理狀態，在時間的流動中，「等待者」在尚未如願得見對方時，為了度過內心的煎熬，經常會出現「移情作用」。他必須依賴某個想像的情境來自我滿足，因此他必須進入某個圓滿的想像世界，同時又要回到等待的現實世界。在這一進一出之間，整個過程就是在克制自我的等待欲望。在移情的過程中，等待者輕而易舉的在腦海中編造出各種畫面，有時又不禁懷想著彼此間已逝去的美麗時光。

在文學修辭上，這就是一種「示現」。「示現」可分為「追述、預言、懸想」三種，〈采綠〉末二章提到女子幫愛人準備狩獵、釣魚的工具，如何釣到豐碩肥美的魚兒，這些畫面可解讀為往日情懷的追述，亦可詮釋為重逢後溫馨的預言，當然也可看待成自我滿足的恣意懸想。

從文藝的表現技巧來觀察，〈采綠〉更精妙的運用「映襯法」，藉由「自己採摘毫無所獲」與「愛人釣魚豐收肥美」形成強烈對比，目的是要凸顯「等待者」對等待意義的強烈執著。這種概念像是哲學中的「否定辯證」，德國哲學家阿多諾（Theodor Ludwig Wiesengrund Adorno, 1903-1969）曾在《否定的辯證法》說：

> 徒勞的等待並不能保證人們所期望的東西，而是反映了按它的否定所衡量的狀況。存留的生活越少，人們的意識就越是受到誘惑而想把握呈現的絕對生活之稀少且支離破碎的殘餘。

這幾句哲學語言似乎有些難懂，但仔細閱讀，就能發現它所描述的正是「等待者」內心的「否定辯證」。藉由否定自己的某一面，「存留的生活越少、支離破碎的殘餘」，反過來肯定自己想做的事。因此「終朝采綠、采藍，卻不盈一匊、一襜」，這是為了讓自己心心念念都寄託在等待的愛人身上。

羅蘭·巴特（Roland Barthes, 1915-1980）在《戀人絮語》中曾說：

讓人等着——這是超於世間所有權力之上的永恆權威，是「人類古老的消遣方式」。

乍看之下，這句話似乎揶揄著「被等待者」的玩世不恭，基於「等待者」的想望，「被等待者」掌握了絕對的權威，他有意無意的忽略了「等待者」的焦慮，甚至將「讓人等着」這件事，當成是一種消遣。然而反覆品味這句話的涵義，卻警醒的覺悟，那操控著「讓人等着」的絕對權威並非「被等待者」，反而是「等待者」自身。「等待者」為了某人某事，他願意將自己投入一種等待的心靈狀態，也只有他自己才有絕對的權力放棄等待。

等待的心情有時千差萬別，我喜歡〈采綠〉中的女子，她的等待沒有顧影自憐，沒有淒涼滄桑，沒有自怨自嘆，更沒有潑婦罵街。她的等待是一種美麗的心情。「予髮曲局，薄言歸沐」，將自己打扮好，像是以約會的心情期待愛人的到來。她等的是一個心愛的戀人，一場美麗的相遇，甚至是一生未來的希望。

作者小傳

黃守正，東海大學中文所博士生，喜好閱讀、教學、學術、音樂。經歷國、高中國文教師、東海大學中文系兼任講師。

采葛一眼，咫尺千年

吳俊賢

張小嫻《荷包裡的單人床》說：「世界上最遙遠的距離，不是生與死的距離，不是天各一方，而是，我就站在你面前，你卻不知道我愛你。」一句話，就說盡了暗戀心境的無邊之苦。在中國詩歌的源頭——《詩經》，也不乏如此道盡難訴之深情的作品。

〈采葛〉

彼采葛兮。一日不見，如三月兮！
彼采蕭兮。一日不見，如三秋兮！
彼采艾兮。一日不見，如三歲兮！

詩歌中的主角，用自身最珍貴的資產——時間，默默陪伴著心儀對象的一切生活。

對方是否知道呢？主角是否又想讓對方知道呢？在有限的字句裡，我們未能揣想太多，但能看見對於主角而言最重要的事，那便是——「一日不見，如三歲兮！」無盡的深情，都投注在這漫長的陪伴裡。

而這樣深情的代價，便是時光的流動劇烈成煎熬，這煎熬從三個月，變成九個月，最終，如同三十六個月。你的生活未曾止息，我的煎熬卻愈發無際。當一邊的生活愈規律，另一邊的波動卻愈無盡，單戀之摧心，莫過於此。可想而知，那樣因等待而漫長的心境，將會敏銳如那狹長的貓眼，把一切行蹤都收進平順的瞳底，卻無法把心中的思緒織成隻言片語出口。

採去的黃葛，是要為誰添衣呢？

需要多少的白蒿，才能讓神靈為你安定所遭遇的紛擾？

而那些艾草，是否是你預防自身的病兆？

從日常的食衣住行，到祭祀、採藥，作者透過主角觀察心儀對象所接觸的植物，將思念推展開來，不僅呼應著感受時間的不斷拉長，也將先民與自然相依共存的生活型態清晰地勾勒出來。那樣純樸簡單的生活與今日佈滿物質慾望的資本主義社會天差地遠，但縱然這兩個儼若兩個世界的時空，有千年萬里上的差距，人對於所愛者所付出的關懷、所感受到的煎熬、所無法控制的情緒，卻是無二。

是以，南宋詞人李清照為無解的思念下了最好的註解：「此情無計可消除，纔下眉頭，卻上心頭。」從古至今，生命中充滿了不如意、失意，因而讓生命深沉、也讓抒情文學暢麗、更讓那些必然寂寞的多情靈魂，在滾滾紅塵裡並不孤單。

作者小傳

吳俊賢，字文若。

因漫步於東海大學的滾滾紅塵中，於東海文學社客串導讀老書僮。

想像的神奇效力

劉又榮

總說：誇飾——源自於內心想像

〈將進酒〉：「君不見黃河之水天上來，奔流到海不復回。君不見高堂明鏡悲白髮，朝如青絲暮成雪。」〈秋浦歌〉「白髮三千丈，緣愁似箇長。」不僅我們的浪漫詩仙李白懂得運用如此誇大卻具體的手法，形成戲劇性的張力，貼切塑造出時間奔流倏忽即逝的迅速無情；抑或用三千丈白髮描繪離愁的哀傷綿長、歷盡滄桑。早在《詩經》中就出現這種「不合邏輯」的描述方法，那是一種跳脫邏輯的「心理直觀感受」，是「心理時間」、「心理距離」，無關乎現實世界有沒有可能發生，卻是用「畫面感」細緻而精準地命中主角的情緒、似也將讀者心中說不出的話，都說出來了！令人讀來心有戚戚焉，產生多數文學作品欲達到的效果與目的——同理心，使讀者認同作者誇飾筆觸背後的心意，甚至覺得作者筆下的主角，就是自己。

一　心理影響生理：念之飢餓、食不下嚥、頭痛心痛、見之病癒

以主觀的心理認知改變客觀的實質條件，這就是「心的影響力」。例如〈周南．汝墳〉：「遵彼汝墳，伐其條枚；未見君子，惄如調飢。」見不到常年行役的丈夫，憂心得竟如沒吃早餐一樣的飢餓。〈鄭風．狡童〉：「彼狡童兮，不與我言兮。維子之故，使我不能餐兮。彼狡童兮，不與我食兮。維子之故，使我不能息兮。」因為心愛之人不跟我講話，使我吃不下飯、吸不到氣。

〈衛風．伯兮〉：「伯兮朅兮，邦之桀兮。伯也執殳，為王前驅。自伯之東，首如飛蓬。豈無膏沐，誰適為容！其雨其雨，杲杲出日。願言思伯，甘心首疾。焉得諼草？言樹之背。願言思伯，使我心痗。」因丈夫遠行出征而無心容飾，頭髮竟誇張得似飛散的蓬草！思念之至，乃至頭痛、心痛，用生理的痛苦，刺激心理的思念，寧願忍受身、心的焦渴、思念，來感受丈夫時刻活在心中。此為心理影響生理。〈鄭風．風雨〉：「風雨淒淒，雞鳴喈喈。既見君子，云胡不夷？風雨瀟瀟，雞鳴膠膠。既見君子，云胡不瘳？風雨如晦，雞鳴不已。既見君子，云胡不喜？」在風雨瀟瀟、寒冷昏暗的夜晚，見到了心中所念之人，憂慮就轉為平靜，病怎麼不會好呢？怎麼不會從焦慮不安轉為歡喜雀躍呢？可見「心的影響力」有多麼大。

二　心理影響距離：黃河寬變窄、遠變近

有趣的是，心的作用不只會影響身體，還會使主角在距離的認知上產生改變的幻覺。例如〈衛風．河廣〉：「誰謂河廣？一葦杭之。誰謂宋遠？跂予望之。誰謂河廣？曾不容刀。誰謂宋遠？曾不崇朝。」誰說黃河寬又廣？一支葦筏可渡航。誰說宋國太遙遠？踮起腳跟即在望。誰說黃河廣又寬？它難容下一小船。誰說宋國太遙遠？一個早上可抵達。對眾人心目中的萬里長河，發出否定式的「誰謂河廣」之問，且斷然傲言：「一葦杭之」！出人意外的大膽想像，因「一葦」的對比，而有了奇特的誇張，發揮強烈的效果，使人也感染主角內心急切的歸國心情，縮小了衛、宋之間的客觀空間距離，再無任何障礙可以阻隔。誇張的想像力，消弭了一切的不可能，現實已在超乎尋常的想像力中「變形」。

三　心理影響時間：一日不見如三秋

〈王風．采葛〉：「彼采葛兮，一日不見，如三月兮。彼采蕭兮，一日不見，如三秋兮。彼采艾兮，一日不見，如三歲兮。」情人無不希望朝夕相守，分離是極大的痛苦，即使是短暫分別，在感受上也似乎漫長無期，以致難忍。急切的相思情緒，使情人對時間的心理體驗，逐漸從一日的分別延長如三月、三年，「一日三

秋」的成語即出自於此。此詩妙在語言從「科學概念」上衡量是「悖理的」，然而從「感覺認知」角度看卻是「合理的」藝術誇張，這種對自然時間的心理錯覺，真實反映出思念雙方內心痛苦，漫長的心理時間。

〈鄭風．子衿〉：「青青子衿，悠悠我心。縱我不往，子寧不嗣音？青青子佩，悠悠我思。縱我不往，子寧不來？挑兮達兮，在城闕兮。一日不見，如三月兮！」我所想念的人呀！即使我不去找你，你何不捎信息來呢？我所想念的人呀！即使我不去找你，你何不來與我相見呢？登上城闕渴盼見到你，日子感覺特別漫長，才一天就好像三個月沒見面呀！一日是實際時間，三月是心理時間。苦難、思念、等待的時間會被我們的感受拉得無比漫長，巴不得趕快結束，只要時間點還沒到、煎熬還沒截止，就像在喝藥一樣，越喝越苦、時間隨著感受的膨脹而越拖越分秒難捱；奇妙的是，和喜歡的人在一起、或做有興趣之事的時光，在我們而言是很快樂的，卻反而越珍貴、越似握在掌中的金砂，一刻不停的從指縫間疾漏流逝。

《詩經》中以心理誇飾現實的詩篇，多以女子思念情人不得見、或憂心丈夫遠行在外為多，這樣的詩篇，朱熹多斥為「淫奔之辭」，「淫」意為「滿而溢出」，因在古代，只要女子若有稍微「情感主動」，不論已婚未婚，都要被朱熹這些主張「存天理，滅人欲」的理學家責備「情感太過」，給予「淫婦人」不雅的名稱。

然而從現代的觀點，「坦白表達情感」是人際相處時能夠達到較好「雙向溝通」的重要關鍵之一。委屈婉轉雖合於禮節、有時亦是逐漸加深關係過程中的緩衝方法，但過於拘泥於刻板禮教的矜持、遮掩躲藏，反而顯得不夠真誠、大器；當代人雖思想自由開放、較無這種規範的限制，但在現代充滿競爭的社會中，人心隨著物質科技的發展，越來越疏離、城府複雜得難以捉摸，所以我認為《詩經》中許多以女子角度表達情感的坦率態度，是我所欣賞的、亦是現代人所須學習的「誠摯真純的心」。所以孔子說：「詩三百，一言以蔽之，曰：『思無邪』。」誠哉！

當然情感應不過於依附於對方，若將苦樂、幸福交到另一人手上，失去自己情緒哭笑、身體病健的主導權，實為太傻、太癡矣！所以無論男女，都應學會控制自己的情緒，可以抒發，但亦應做好調適管理，不應過於傷春悲秋，而要發展出正面情感，如此才會過得更灑脫、快樂，讓自己和周圍所親近之人都過得越來越有智慧、越來越幸福。

作者小傳

劉又榮，一九九三年生，臺灣彰化人，東海中國文學系四年級學生。游走於感性與理性之間的天秤座，興趣是歌唱、繪畫、推理小說與電影。

因修習呂珍玉老師的詩經課，透由文字欲貼近那個時代人們的情感，與當代的我們共有的心的力量。

《詩經》的直白藝術

譚展

情感的流露表達，自古以來便是中國文學的傳統，而這種抒情傳統也可以看作自《詩經》開始發展壯大的。〈毛詩序〉中說：「詩者，志之所之也。在心為志，發言為詩。情動於中而形於言，言之不足，故嗟歎之；嗟歎之不足，故永歌之；永歌之不足，不知手之舞之，足之蹈之也。」可見，抒情詩確乎為《詩經》的主體，也是成書的一條線索。然而，《詩經》中的抒情講求的是「發乎情，止乎禮義」，雖說是孔子對男女情感的描述，然而某種程度上也可以從抒情的角度去理解，情感由心而發，然而這種抒發卻要受到很多理智因素的限制。《詩經》中大量使用「興」的藝術手法，也帶來含蓄蘊藉的藝術效果，與之相關的便是後世抒情詩中含蓄雋永的抒情手法，講求的是含而不露，婉轉傳神。

雖說含蓄蘊藉、溫柔敦厚為《詩經》詩人主要的表情原則，但是其中也有不少愛情詩，卻是出乎意外的大膽直白，有違《詩經》慣用的婉轉、含蓄，這些異數，反而呈現更加強烈的情感力度。就拿三首表現在追求、思念、攤牌的告白詩篇來說吧：

〈摽有梅〉

摽有梅，其實七兮。求我庶士，迨其吉兮。
摽有梅，其實三兮。求我庶士，迨其今兮。
摽有梅，頃筐塈之。求我庶士，迨其謂之。

春去秋來，樹上梅子紛紛掉落，梅子掉落要用筐採集，而如這梅子般快要老去的我，卻還沒有找到愛情，那些愛慕我的人你在哪裡？不要再猶豫遲疑！我嚮往那美好的愛情，歲月沒有留給我細細追尋的時間，我不會再將我的情感如小女子那樣遮藏，愛我就告訴我，我們一起品味愛情的滋味。

這是一首女子求愛的告白，〈關雎〉：「窈窕淑女，君子好逑」，則是男子追求淑女的告白。這個溫柔嫻靜，宛若仙子的淑女就在我眼前，我知道我愛上她了，你教我如何掩藏自己的愛慕，我就要這樣告訴她，告訴她我愛她，她是我這一生的伴侶。不需要她這樣答應我，時間會沉澱我的真心，不說出來，錯過了就算一輩子。

與愛別離是佛家所說人生八苦之一，思念是分隔兩地愛人最好的療癒方式。〈邶風・擊鼓〉：「死生契闊，與子成說。執子之手，與子偕老。」我們已經約定，要一起白頭到老，可是我卻見不到你如今的模樣。只有你能理解我的痛苦吧？因為你也一定同樣痛苦。錯的不是我們，可這相思之苦為何要我們承擔？不，如果再回到過去，或者我們再見面，我還要說，我們一定要牽手走到最後，白頭不悔。

〈鄭風・子衿〉

青青子衿，悠悠我心。縱我不往，子寧不嗣音？

青青子佩，悠悠我思。縱我不往，子寧不來？

挑兮達兮，在城闕兮。一日不見，如三月兮。

我心悠悠，可我覺得你懂，就算我沒有去找你，你就可以斷了音訊麼？你難道不曾想到會有個苦心的人在等著你的情話，就算我沒有去找你，難道你就不能來見我麼？沒有你的日子，我是那麼的難熬，我有我的矜持，可如果見不到你，那我要著可笑的矜持何用？既然等不到你主動，那麼我就大聲告訴你，我想你，想要見你，想得快要死了。

人的情感表達方式，有人熱情坦率，有人冷若冰霜，絕大數的人不輕易宣洩情感。在男女相處上，若遇到不善於表達感情的男人該怎麼辦？處於被動地位的女人，如果主動出擊，要他拿出愛的證明來，在今天來說還是令人震撼。〈鄭風．褰裳〉詩中這位坦率的女子，至今仍要給她按個讚：

子惠思我，褰裳涉溱；子不我思，豈無他人？狂童之狂也且！
子惠思我，褰裳涉洧；子不我思，豈無他士？狂童之狂也且！

兩人已經在一起好些時日了，可是這男人態度曖昧不明，忽冷忽熱的，可把她急壞了，寫下這首詩直接問問他：如果你愛我，不是要排除萬難渡河前來嗎？你若不愛我，難道沒有其他人愛我嗎？你這狂妄自大的小滑頭呀！詩中這位強悍潑辣的女子，不卑不亢地直接向那畏縮，態度不明的男子攤牌，確實了得，直白強烈的口吻才能傳達她與眾不同的自信。

《詩經》中的愛情詩在藝術上以含蓄婉轉為貴，但一些大膽的告白，反而使人物留下鮮明印象，形成刻板抒情外另類的解放，對傳統禁錮禮教開始反擊，那種勁道反而令人驚喜，恍若驚雷般劈開厚厚烏雲，閃電剎那露出一片亮光，將真心展露給世人，不論愛也好，恨也罷，都不要再藏於內心，說出來才有人知道，說出來才有人懂。即使在今日，這也是真理。

作者小傳

譚展，一九九四年生，就讀於南京大學漢語言文學系。本學期交換至東海大學學習。寫這篇文章是看到《詩經》中大膽直白表情方式的獨特性，有時反而更能凸顯主題和人物形象。

《詩經》興體藝術

蔡秉吟

《詩經》為中國第一部詩歌總集，是中國文學的源頭和重要資產，其藝術價值更是極高。《詩經》主要由賦、比、興三種不同的表現手法寫成，這三體是《詩經》獨有的藝術技巧，也對後世文學寫作手法造成極大的影響。《詩經》篇章隨著表現手法的不同，呈現出來的感覺也會有所差異。比起「賦」的「敷陳」、「直言」直接表達個人情感，或者「比」的「以彼物比此物」，最讓我感興趣的還是「興」。

興為藉物起興，藉由各種外物，聯想、寄託自己的情感。朱熹說：「先言他物以引起所詠之詞。」透過一件外物，引發作者的感情，這外物和作者的感情之間具有隱微的關係，讀者閱讀作品時，慢慢的從外物去聯想它和作者感情間的連繫，不論作者、讀者都有自由想像的空間，物和人的情感有了巧妙的結合，作品的無窮韻味因而產生。就以〈周南．桃夭〉來說吧：

桃之夭夭，灼灼其華。之子于歸，宜其室家。
桃之夭夭，有蕡其實。之子于歸，宜其家室。
桃之夭夭，其葉蓁蓁。之子于歸，宜其家人。

這首詩開頭所用的寫法就是興，以桃樹起興，如劉勰《文心雕龍》所說「比者，附也；興者，起也。附理者，切類以指事，起情者，依微以擬義。起情，故興體以立；附理，故比例以生。」以桃樹為「起」，拿桃樹的花朵美麗、果實碩大、枝葉茂盛來象徵女子的青春美麗，婚後生子，旺盛夫家。物象和人事間有種隱微的類似性，於是詩人不直接寫對出嫁女子的祝福，而是透過桃樹的取象，婉轉的從花、實說到整棵桃樹，來祝福出嫁女子未來也如桃樹般為夫家開枝散葉。這樣的寫法，遠比直說更具想像空間，在表達上婉轉附物，含蓄蘊藉，物我一體，增添不少風采。加上三章複沓，充滿對出嫁女宜室宜家的無窮祝福。又如〈周南．關雎〉：

關關雎鳩，在河之洲。窈窕淑女，君子好逑。
參差荇菜，左右流之。窈窕淑女，寤寐求之。

求之不得，寤寐思服。悠哉悠哉，輾轉反側。
參差荇菜，左右采之。窈窕淑女，琴瑟友之。
參差荇菜，左右芼之。窈窕淑女，鐘鼓樂之。

首句亦是由雎鳩鳥求偶的叫聲起興，使人聯想到男女的愛情，詩人巧妙的利用了雎鳩忠貞的特性，隱指窈窕淑女貞潔的本質，本來就是君子的理想良配。後四句以君子追求淑女的過程，求、思、友、樂，逐步漸進寫他們相交過程的情感增溫。詩中河邊的雎鳩鳥，是很好的取譬物象，牠的鳴叫求偶，像一個天外飛來的媒介，取代詩人直接開口說他想追求淑女的直露。他把自己的情感寄託於雎鳩鳥，委婉而不突兀，這便是「興」的最大的特點。

「興」不同於「賦」和「比」則有較為實際上的意義，興通常只在文章的開頭出現，是為了後面歌詠的事物做個鋪墊，類似導引情感之效果，它和後面要說的個人情感只有隱微的關係。不論是〈雎鳩〉中那雙鳴叫呼喚愛情的水鳥，或者〈桃夭〉那棵開枝散葉，生命力旺盛的桃樹，表面上和男女愛情、室家繁衍都沒有直接關係，不過通過類比、想像，彼此之間有某種程度的相似關聯，追索隱微的物我關係，就能了解詩人托物言情的深層意涵了。《詩經》奠定了中國詩歌引物為說的寫作傳統，是我國文化物我合一思維的展現，開啟比興寄託文學作品的表達方式，也是我國文學委婉含蓄審美特質的萌芽。

作者小傳

蔡秉吟，就讀東海大學中文系四年級。本文從賦、比、興三種寫作方法中，闡發與「以彼物比此物」的作法和審美特質。

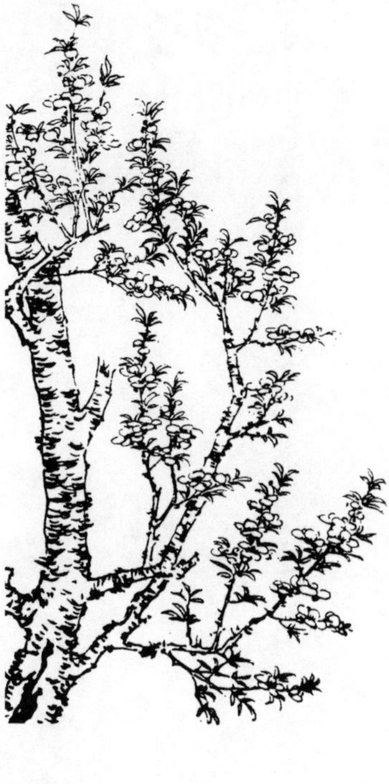

〈詩經．伐檀〉的自由聯想

林增文

《詩經》是我國第一部詩歌總集，也是我中華文化的瑰寶。短短的詩篇中含蘊深厚，往往令人生發出豐富的聯想，餘韻無窮。

坎坎伐檀兮，寘之河之干兮。河水清且漣猗。不稼不穡，胡取禾三百廛兮？不狩不獵，胡瞻爾庭有縣貆兮？彼君子兮，不素餐兮！

坎坎伐輻兮，寘之河之側兮。河水清且直猗。不稼不穡，胡取禾三百億兮？不狩不獵，胡瞻爾庭有縣特兮？彼君子兮，不素食兮！

坎坎伐輪兮，寘之河之漘兮。河水清且淪猗。不稼不穡，胡取禾三百囷兮？不狩不獵，胡瞻爾庭有縣鶉兮？彼君子兮，不素飧兮！

以這首〈魏風．伐檀〉來說，算是大家比較熟悉的一首魏國民歌。全詩分為三章，每章皆採用相同的句式，正和其他許許多多《詩經》中的詩篇一樣，再三反覆歌詠。但這首詩雖然簡短，詩旨也甚為明確，其詩句及作法卻令人有不同的聯想。許多注詩者與讀者對這首民歌都曾有過許多不同的解讀，也就是說，這首詩能讓人自由地馳騁想像。先從〈伐檀〉的寫作目的說起，此詩諷刺上位者尸位素餐、無功而受祿，其詩旨殆無爭議。雖然也有部分人士認為，這是藉由責難不勞而獲者，來稱美不素餐的君子。然而這種「美」、「刺」上的差別，只是觀察角度上的不同。就如同天平之兩端，無論從重的一端或輕的一側衡量，其結果皆指向同一事實。

縱然此詩的詩旨如此明確，其寫作者是誰卻頗見歧異。有說是當時伐木工人的創作，也有說是當時魏國之女所作，另有說是不得進仕之君子所為，亦有人認為是當時魏國百姓之作。這些年代久遠的民歌，作者難以確定原屬正常，也不是太重要。但這首〈伐檀〉比較有趣的地方是，其作者為誰，不僅影響讀者對詩義的理解，更直接影響對其寫作方法的判斷。

首先，設若這是當時魏國伐木工人所作的民歌，則三章疊章複沓，每章的開頭三句，即為直接描述伐木的實況，與其當時所見河水清澈之實景。再由自身伐木的辛苦，聯想至上位者的貪鄙。因此接下四句運用兩組排句，詰問斥責剝削者之不勞而獲。最後引出兩句堅定的結論：「彼君子兮，不素餐兮！」換句話說，這是一群伐木工人，在砍伐檀木造車、辛勤勞動的同時，因聯想到貪婪的上位者，既不務農桑、又不事畋獵，卻將辛苦勞動者的大多數收成占為己有，忿忿不平之下所發出的心中吶喊。這樣說來，這首詩的作法便應是「敷陳其事而直言之」的「賦」之寫法。

再假如這詩是魏國之女，因「傷賢者隱避，素餐在位，閔傷怨曠，失其嘉會」而作；或是魏國百姓，勞苦卻困窮、在位者無所作為，卻家私累萬金，因此作〈伐檀〉以刺之。則詩中三章複沓的前三句，便是魏女與百姓，偶然中所聞見之伐木聲與影像，引起心中之感情，繼而興發出後四句之詰問與結論。如此看來，這詩便是「興」的寫法了。葉嘉瑩就說：「在這首詩中，是『坎坎伐檀』的聲音和『河水清且漣漪』的形象引起了作者內心的感發」。這裡作者心中所生的感發，亦即葉嘉瑩所說，作者由先前的形象，聯想到在位者：「你既不耕種，也不收割，為什麼我們種的糧食收穫了，你卻要拿最多的一份？從來沒見過你去打獵，為什麼你的院子裡掛著那麼多獸皮？一個做官的人，難道可以白白吃飯而不幹事情嗎？」當然，也許我們要問，伐木的聲音和河水的清漣，與上位者的尸位素餐有什麼關係呢？葉嘉瑩也認為「在〈伐檀〉中，形象與情意之間的關係就比較難解釋」，不過「那裡邊卻一定存在著某種關聯，只不過那關聯不一定能用理性來解釋而已。」或者，我們不必想得太複雜。魏國之女與魏國百姓藉由「坎坎伐檀」的形象與聲音起興，聯想到「賢者隱退伐木，小人在位食祿」的荒唐，因此作詩譏刺，也庶幾可以解釋得通。

最後，假使此詩是因在位者貪鄙、尸位素餐，致無法仕進的君子所作，則便是作者心中先感受到一種被在位者壓迫與剝削後，產生之痛苦與不平，而後以伐採檀木的形象作為比擬。也就是說，君子的內心先有了情意的悸動後，找到〈伐檀〉詩中前三句的形象來作為比喻。如此，這首詩便是「比」的作法了。「坎坎伐檀兮，寘之河之干兮」兩句，是詩人以木材喻指人才。檀木是堅韌之木，漢．王充《論衡．狀留》：「樹檀以五月生葉，後彼春榮之木，其材強勁，車以為軸。」詩人以堅韌的檀木自比，比喻自己努力修養成長，如同長成之強勁檀木，伐採後能為車之輪軸，成為車輛前進之支柱。詩人也希望賢才養成能為世所用，成為國政之支柱。然而令人不平的是，因在位者竊據高位而又不勞而食，阻礙賢才的仕進之路。正如上好的檀木，砍下後卻「寘之河之干兮」、毫無用武之處，直如清．王先謙所說的「伐木寘河間，以喻有材無用」。「河水清且漣猗」，《毛傳》解釋說：「風行水成文曰漣。伐檀以俟世用，若俟河水清且漣。」亦即，詩中以河清喻指政治清明，應不難理解。但「漣」是水面因風吹而形成的波紋，亦指微波。「漣猗」則是水面之波紋、微波。河清與水波看似矛盾，該如何解釋呢？這也可以有兩種想法，直接一點來說是河水清澈到稍有微風即起波紋，也就是說「漣猗」可用以反襯河水極清；另外，也可將「且」作「今」來解，意指原本河水甚清（政治清明），眼下卻因風而使水面生波。與前兩句連結，即顯出完整寓意：因不勞而獲的小人竊據高位，阻擋了賢才的仕進之路，如同上好的檀木，砍下後卻有材而無用，只能棄置在河邊；原本清明的政治，因此受到干擾而震盪生波。

由上述〈伐檀〉的例子可以了解，即使在明確的詩旨下，不影響詩篇的微言大義，《詩經》的詩篇仍可使讀者擁有極高的聯想自由。隨著解讀的開放自由，亦可見《詩經》詩篇內涵的豐富深厚。甚至賦比興的作法，在詩篇中也並非一成不變，往往在不同的解讀角度下，有不同的發現。這就是《詩經》文學藝術的高度表現，也是那令人驚異、讚嘆不已而又迷人之所在。

作者小傳

林增文，福建省林森縣人，出生於臺中市豐原區。東海大學中文所博士。曾任高中教師，現任東海大學中文系兼任助理教授。喜獨處、好悠閒，喜愛古典詩詞，著有《從當代譬喻理論解讀李清照》等專書。

《詩經》中鳥類的不同寓意

莊依婷

風、雅、頌是《詩經》的表現內容，賦、比、興則是完成此內容的寫作方法。三種寫作方法中，興是起句趁韻，受到彼物觸發引起所詠之詞，為一種類比聯想；賦是用鋪陳的方法來描寫事物，比則是拿他物來做比喻。這三種主要的寫作技巧，不論是起句的興，或是豐富的比，多以自然萬物為取譬。其中鳥類是詩人喜歡拿來類比的生物，鳥類自由飛翔天空，與人類生活親近，詩人仰望天空，就所見鳥飛來隱喻人事，這種興語的寫作手法在詩篇中常見。如〈召南．鵲巢〉：

維鵲有巢，維鳩居之。之子于歸，百兩御之。

維鵲有巢，維鳩方之。之子于歸，百兩將之。

維鵲有巢，維鳩盈之。之子于歸，百兩成之。

這首詩描寫鵲這種鳥類擅長築巢，讓不會築巢的鳩來住，用這樣的物象，隱喻詩中的男子，就像會築巢的鵲，已建造了自己的家室，準備迎娶他的妻子住進來。百兩御之、百兩將之、百兩成之三句，僅將動詞作了異動，但本質上的意思卻沒有改變，皆是在描述迎親時，場面是如此的盛大，再三反覆的描述，給人一種充滿隆重的感覺，維鳩居之、維鳩方之、維鳩盈之這三句，也只將動詞作了更動，但都有居住、依靠、住滿之意，後世便以鳩居鵲巢來比喻夫婦同居，全詩有著滿滿祝福女子出嫁之意。

又如〈邶風．燕燕〉：

燕燕于飛，差池其羽。之子于歸，遠送于野。瞻望弗及，泣涕如雨。
燕燕于飛，頡之頏之。之子于歸，遠于將之。瞻望弗及，佇立以泣。
燕燕于飛，下上其音。之子于歸，遠送于南。瞻望弗及，實勞我心。
仲氏任只，其心塞淵。終溫且惠，淑慎其身。先君之思，以勖寡人。

這首詩寫兄長送別妹妹出嫁，開頭以天空中燕子漸飛漸遠影像，類比妹妹出嫁異國，形影越來越遠，即將在視線中消失，兄長心中無限依依不捨。全詩三章都用這樣的興語，不直說妹妹的嫁車越來越遠，用燕子越飛越遠，委婉述說人事，而且三章複沓，更加顯現出兄長對這個妹妹的離情依依，詩末寫妹妹有著許多美好能力和個性，懷念起死去的父親，經常勸勉兄長，以防他犯過，使得兄長對她念念不忘。

兩首詩同樣以鳥類來比喻、聯想，也同樣寫女子出嫁之事，但書寫方向卻完全不同，〈召南．鵲巢〉以鳩居鵲巢來比喻夫婦同居的和樂融洽，而〈邶風．燕燕〉卻以燕燕于飛反寫待妹妹出嫁之後，便不會有以往像燕子齊飛的情形了，送別、哀傷之意甚切，同樣是寫出嫁，一則是喜，一則是憂，雖然寫出來的詩意大不相同，卻都令人感到詩中的真情流露。兩首詩都採用《詩經》常見的疊章複沓形式，除了使《詩經》入樂的歌詞，加深記憶，有利傳唱之外，也讓詩中的情感，更富渲染力度，給人留下鮮明、深刻的印象。

作者小傳

莊依婷，東海大學中文系四年級學生，對《詩經》中草木鳥獸豐富意象，特別有興趣。本文以鳥類起興篇章，聯想及不同人事，不同情感為觀察。

多情似水

張佳蓉

古往今來，文人最喜歡以水的意象來創作，以水象徵抽象情感，使情感具象化，普遍在《詩經》中可以看到。

在科學的領域中，人的身體組成有百分之七十是水，而我們所居住的地球，陸地更是被大片的海洋所環繞。古代，傍水的聚落多半不缺米糧，並能率先開始發展商業貿易，更有非常多的神話傳說以水為背景，因為有水則有人，有人則有情。

《詩經》中有許多篇章皆有水的影像，不論大江、河流、湖泊、窪塘、沼澤、濕地或山澗泉水，都營造出不同氣氛，有清澈見底、涓涓細流使人感到綿綿無盡，有驚濤拍岸、湍急洶湧使人感到奔騰壯觀，有平靜如明鏡、有波光粼粼、漣漪陣陣，水可塑性強，展現各種不同風姿。漢字中形旁从水的字數量特別之多，如洲、渚、沚皆是與水相連的沙洲；泮、滸、涘、湑、湄則是水濱與水草交接之處，各式與水有關的區別詞彙，開啟了人們的聯想。《詩經》中不少詩篇發生的場景是在水邊，水的流逝、波瀾、漣漪帶著人們失落、纏綿、縹緲的情感。

在愛情詩中，水常用作阻隔或纏綿的隱喻象徵，膾炙人口的〈秦風．蒹葭〉：

蒹葭蒼蒼，白露為霜。所謂伊人，在水一方。
遡洄從之，道阻且長；遡游從之，宛在水中央。
蒹葭淒淒，白露未晞。所謂伊人，在水之湄。
遡洄從之，道阻且躋；遡游從之，宛在水中坻。
蒹葭采采，白露未已。所謂伊人，在水之涘。
遡洄從之，道阻且右；遡游從之，宛在水中沚。

詩中以三次的遡游從之，仍然求之不得，表達出追求女子的難度，最後經歷艱難險阻，總算看到那人在水中央，但仍有一水之隔，無法接近她。

類似於此的詩篇還有〈周南．漢廣〉中「漢有游女，不可求思。漢之廣矣，不可泳思；江之永矣，不可方思」以及〈周南．關雎〉：「關關雎鳩，在河之洲，窈窕淑女，君子好逑」，這些詩中水都是暗喻無法跨越的鴻溝，追求的結果，只能隔著迷離惝恍的江河之水相望相思，空留遺憾。

聞一多認為，依山傍水之處，往往是古代男女相期幽會的地點，不但有山巔水湄能增添雅致情趣，更可以作為相淫相奔赴的遮蔽，因而找出《詩經》中許多「舟」、「魚」和「水」三者關聯的隱喻，認為是男女關係的代稱，因為有水則有魚，捕魚則須用舟，密切不分的關係成了男女追逐、男女纏綿之隱晦含蓄的意象。

《詩經》中對水勢和水態的描寫極為豐富，有水則有生命力、有繁衍力，也因而有了浪漫的情懷，水能載舟，也能覆舟，水既是男女戀情發生的場所，也是失戀的場所，水邊既有戀愛的歡樂，也有失戀的悲傷，水乘載著人的感情，李白「抽刀斷水水更流，舉杯消愁愁更愁。」李後主「問君能有幾多愁，恰似一江春水向東流。」悠悠江水是他們滿腔愁緒的化身，水的意象從《詩經》開始就化為一股憂愁，承載著豐富的情感，植根於中國文學作品之中。

作者小傳

張佳蓉，就讀東海中文系四年級，喜歡貓，喜歡詩，以及有貓、有詩的小城市。

熟悉的畫面

呂珍玉

這節課上到〈鄭風·子衿〉，我吟詠著：

青青子衿，悠悠我心，縱我不往，子寧不嗣音。
青青子佩，悠悠我思，縱我不往，子寧不來。
挑兮達兮，在城闕兮，一日不見，如三月兮。

這首詩在聲情上隨著詩中用字的越來越少，情感表現也越來越急切。詩中人先是希望穿青衣領的這個人寄個消息來，但苦等毫無音訊；然後希望他前來，又不見蹤影，於是他焦躁不安的爬上城樓，在那兒徘徊眺望，希望他能出現，並發出一日不見，如三月漫長的慨歎。傳統《詩序》把這首詩說成是鄭國因為大亂五世，學校毀壞，學子因而不來上學，老師憂心他們在城樓上蹓躂，荒廢課業，因此急盼他們寄來音訊或是前來，切勿再嬉戲荒業。現代學子很難理解傳統經學家為何要把一個普通常見的畫面，放到特殊的政治社會背景之下來解釋，竟把一首抒發女子候盼愛人前來的情詩，說得如此嚴肅無趣。

講解這首詩時，突然有一位學生有感而發，希望大家分享他曾經偷窺一個女孩的行為，他懷疑〈子衿〉詩寫的就是她的心情，他說：

我每天下樓買早餐，都會看到樓下機車行那位女孩在等待心愛的男孩出現，每當那男孩出現時，她就笑得燦爛像朵花，心情特別好，很熱誠的和我們說話；可是當那男孩沒出現，她的臉上就黯淡頹喪，整個人看起來焦慮不安，在那裡走來走去的。

是啊！相信這畫面你我都見過，甚至自己就是那等候愛人前來的女孩。我們腦海中滿是這樣的影像，透過〈鄭風〉詩人的傳神刻劃，難怪如此熟悉，寧可相信這首詩寫的是愛情，也不會相信舊注說是老師因學生不來上課而感到焦躁不安。

除了〈子衿〉外，《詩經》作者非常擅長剪取鏡頭，以呈現人物動作和刻劃人物心理。像是〈鄭風．遵大路〉，詩人剪取了大馬路上一幅拉扯圖：

遵大路兮，摻執子之袪兮，無我惡兮，不寁故也。

遵大路兮，摻執子之手兮，無我魗兮，不寁好也。

和〈子衿〉詩一樣，《詩序》以為這是鄭莊公失道，君子要離開鄭國，國人扯著他的衣袖，拉著他的手不讓他走，還是用歷史、政治來解釋詩意。只是鄭莊公畢竟離我們太遙遠了，國人拉著君子不讓他離開，總不如情侶分手拉扯來得親切常見。相信大家都看過情侶吵架分手的畫面吧！通常是女生鬧脾氣要離開，男生焦急的拉著她，苦苦哀求她不要離開，不要討厭他，要珍惜舊情。可是女方依然甩開他的手，還是執意要離開，這男生又追上去拉住她，不讓她離開，就這樣在大馬路上拉拉扯扯的，後來怎樣？也許這對情侶和好了，也許那女生還是堅持要分手，離開男生而去，也沒有人有耐心再看下去了。

還有〈齊風．東方未明〉中那位被頂頭上司一早召喚上班的小公務員，那副慌亂滑稽樣：

東方未明，顛倒衣裳，顛之倒之，自公召之。

東方未晞，顛倒裳衣，倒之顛之，自公令之。
折柳樊圃，狂夫瞿瞿，不能辰夜，不夙則莫。

他正做著昨夜尚未完結的美夢，門外敲門聲急，又是公傳來召令，宣他馬上上朝處理一些事情。天還這麼黑，衣服在哪？好不容易摸黑找到，慌亂中穿上，竟然上衣下裳穿顛倒了，再倒過來穿好，光是這畫面就教人發笑了。他每天都過著這樣提心吊膽睡不安穩的生活，對能按時上下班是多麼的渴望。

〈東方未明〉雖然是周代小官吏生活的側寫，但放到今天，還是有很多人有那樣的生活經驗，突然半夜被老闆Call醒，公司出了一些問題急需解決，雖不至於摸黑穿衣，但在緊張的情況下，還是經常穿反了衣服，穿錯了不同雙鞋襪出門，等到發現時只能啼笑皆非，尷尬不已了。詩人真是位高妙的攝影師，為我們留下這幅有趣的畫面，也恰到好處諷刺了那位有工作狂的齊國國君。

《詩經》中出現不少我們生活中熟悉的畫面，作者以他擅長剪取鏡頭的寫作技巧，靈活生動地寫出詩中人物的心理變化和動作，呈現鮮明的畫面，令我們難忘，也不時在我們日常生活中複製那樣的畫面，這大概是《詩經》之所以為經典的原因之一吧！

作者小傳

呂珍玉，桃園縣人，東海大學中文研究所博士，現任東海大學中文系教授，講授詩經、訓詁學、詩選等課程。著有《高本漢詩經注釋研究》、《詩經訓詁研究》、《詩經詳析》等專書。熱愛教學研究工作，不知老之將至，最高興看到學生有傑出表現。

豐富的畫面感

許萃舫

《詩經》中的語言修辭方式多樣豐富，不管是摹聲還是摹狀都使用得很成功，有些時候很簡單的用了幾個重言詞，便可以生動傳神描聲繪形，讓讀者覺得好像聽其聲見其形，形象就在眼前出現一樣逼真。例如〈周南．螽斯〉：

螽斯，羽詵詵兮。宜爾子孫，振振兮。

螽斯，羽薨薨兮。宜爾子孫，繩繩兮。

螽斯，羽揖揖兮。宜爾子孫，蟄蟄兮。

這首詩用了「詵詵」、「薨薨」、「揖揖」三個重言摹聲詞，以及「振振」、「繩繩」、「蟄蟄」三個重言摹狀詞，來形容蝗蟲盛多的樣子。全詩三章意思其實都是一樣的，只是換了相同意思的疊字詞，反覆的吟詠，便有一種生動的畫面感出現，彷彿真的看見了一群螽斯在眼前飛舞，聽得到牠們飛動時發出的振羽聲，然後看到這些昆蟲群聚在一起。這首詩的詩意是祝福人子孫眾多，詩中用六組代表多的疊字詞來描寫，用蝗蟲強盛的繁殖能力，類比一個家族子孫綿延不絕的繁衍，「螽斯衍慶」於是成為祝福人五世其昌，最為誠摯的祝福之語。又如〈周南・桃夭〉：

桃之夭夭，灼灼其華。之子于歸，宜其室家。
桃之夭夭，有蕡其實。之子于歸，宜其家室。
桃之夭夭，其葉蓁蓁。之子于歸，宜其家人。

這首詩沒有使用摹聲詞，但在視覺色彩上卻十分豐富，三章首句都是桃之夭夭，「夭夭」的意思是「木少盛貌」，眼前突現一片生機盎然的桃樹，「灼灼」是桃花開得朵朵粉嫩嫩、鮮滴滴樣子。開頭兩句便可看出盛開的、紅豔的、充滿生命力的桃樹，在春風下是那樣的搖曳多姿，特別是那春風拂動枝條，朵朵含笑而開，一樹粉嫩輕舞的桃花。第二章季節進入夏季，和風、雨水滋潤，一樹桃子結實纍纍，「有蕡其實」，碩大豐滿的桃實掛滿枝條，令人欣喜。第三章「其葉蓁蓁」，採完桃子之後，桃樹枝條、樹葉更加茂盛翠綠，一樹的蒼翠和春天飛揚的紅艷又不相同。整首詩具有時序的推移，色彩的層次變化，一幅幅變換無窮的大自然傑作，不斷的在我們眼前上演。桃樹一生的生命，展示對新嫁娘出嫁充滿詩意浪漫的祝福，她從貌美如桃花，到婚後生子，與夫家人和樂相處，開枝散葉。

以上兩首詩，雖然性質不同，但都用了疊字詞以及複沓的手法，讓我們看見詩人筆下的畫面，雖未親臨，卻像身歷其境一般。疊沓的手法讓詩的畫面更加的活潑生動，還有更多的詩篇都是透過這樣的寫作形式。《詩經》將狀形狀聲詞的功能發揮到極致，讓整首詩更加活潑生動，清新自然，更具畫面感，這比使用艱澀的詞語，更加親切易懂。

作者小傳

許萃舫，彰化縣人，現就讀東海大學中文系四年級。喜歡音樂與文字，喜歡能從文字中感受到《詩經》的音樂與節奏。

《詩經》罵人的藝術

呂珍玉

《詩經》中頌人詩遠多於罵人詩，在周文化重視禮節、「溫柔敦厚詩教也」的形成場域下，這樣的現象並不難理解。在儒家文化薰陶下，禮義之邦成為中國人的驕傲，在人格氣質上特別重視一個人的涵養，禮讚謙謙君子之德，說話要含蓄委婉，即便心中有再大的委屈怨怒，也要用比興寄託，繞個彎子慢慢的說，留給對方轉圜的空間，避免對方難堪，這樣才是有教養的說話方式。《詩經》中不少諷刺詩，就是採用所謂的主文譎諫，比興寄託來曲折傳情，以達到言之者無罪，聞之者足以戒的勸諫方式，樹立中國諷諭詩的優良傳統，為我們留下不少君子形象。

雖然如此，生活中難免遇到不公不義、難以忍受的一些事情，即便敬德修養再好，講話溫文爾雅的周人，終究也有爆粗口罵人的時候，《詩經》中罕見的幾首罵人詩，於是成為其中異數，可供我們觀察詩人生氣時怎樣罵人？罵得痛快淋漓，達到譴責不公不義惡行、發揮輿論的社教功能。以下這三句話可以說是其中最強烈痛惡語了：

「去死吧！」

中國人最忌諱死，除非有深仇大恨，通常不太用這樣難聽的話來罵人。因此這句話應該是最狠，最不留情面的罵人話，由此可見被罵對象之可惡。〈鄘風・相鼠〉：

相鼠有皮，人而無儀；人而無儀，不死何為！
相鼠有齒，人而無止；人而無止，不死何俟！
相鼠有體，人而無禮；人而無禮，胡不遄死！

一個沒有威儀，連老鼠都不如的人，不死有啥用？一個沒有容止，連老鼠都不如的人，不死還等啥？一個沒有禮節，連老鼠都不如的人，為何不快快去死？過街老鼠人人喊打，但人中有比老鼠更為可惡之輩，對於這種人，詩人毫不客氣指出他們連老鼠都不如，既是如此，還不如快快去死，以免危害人群。

「你還有多大本事？」

「你還有多大本事？」就是要對方有什麼本事儘管使出來，既痛恨對方，又不畏懼對方，帶有挑釁宣戰意味的語言出自〈小雅．巧言〉：

蛇蛇碩言，出自口矣。巧言如簧，顏之厚矣。
彼何人斯，居河之麋。無拳無勇，職為亂階。
既微且尰，爾勇伊何？為猶將多，爾居徒幾何！

大言欺世的話，出自那人口中，說話信口雌簧，厚臉皮不知羞恥。他是什麼人啊！居住在河岸。既無拳頭也無勇力，禍亂因他而生。你的腳長瘡浮腫，你有何勇呢？盡做欺詐之事，你的黨羽還有多少？詩人憤慨的責備那個說讒言的人，只會造謠生事，製造禍端，要他有本事就亮出來吧！

「連豺虎都不吃你！」

豺虎是最凶猛的野獸，噬食生物，如果連豺虎都不想吃他，可見此人之壞。（〈小雅．巷伯〉）詩人痛罵說讒言的人，連豺虎都不吃他！

彼譖人者，誰適與謀！取彼譖人，投畀豺虎。豺虎不食，投畀有北；有北不受，投畀有昊。

詩人痛惡說讒言的人，又不知和誰在謀畫了！把他捉過來，丟給豺虎吃。連豺虎都不想吃他，把他丟給到北方，北方也不接納他，只好把他丟給老天爺處置了。有人拿俄國詩人萊蒙托夫〈逃亡者〉詩中鄙夷叛徒的詩句「野獸不啃他的骨頭，雨水也不洗他的創傷」來比較，中西文學作品異曲同工寫一個罪大惡極，物我同憎，天怒人怨的人。「直截易盡，婉道無窮」雖然是寫作的不變定則，然而面對無可寬恕的惡人，詩人也曾經寫下如此不留情面的斥責語，從中更可看到詩人情真語真，性情自然流露毫不矯飾的一面。

作者小傳

呂珍玉，桃園縣人，東海大學中文研究所博士，現任東海大學中文系教授，講授詩經、訓詁學、詩選等課程。著有《高本漢詩經注釋研究》、《詩經訓詁研究》、《詩經詳析》等專書。熱愛教學研究工作，不知老之將至，最高興看到學生有傑出表現。

罵盡天上星宿

呂珍玉

中國早期沒有宗教，唯一的信仰就是至高無上的蒼天。《詩經》中的天就是上帝，對祂形象的描寫，比較集中於〈大雅．皇矣〉，全詩描寫上帝有心能度，有口能說，有眼能看，有手有腳，且有喜怒哀樂之情。夏商之所以亡國是因為施政暴虐，不得民心，上帝生氣了，於是在四方尋覓一個可以替代的國家；周之所以建國是因為古公亶父、王季、文王這些先王有德，所以能得到皇天上帝的眷顧與輔助。這首詩反映周人對萬能天無限的敬畏思想。這樣的天命觀一直在中國文化中生根，直到二十一世紀的今天。西方基督教以為上帝主宰一切，而在中國的上帝就是天，中國人幾千年來用自己的方式和天溝通，以為祂是公平正義，能明察一切，是無所不能的最高主宰。

因為天能明鑑一切，所以中國人受到不平之冤，經常會對天發誓，天的神威發揮到最高點，莫過於關漢卿的〈竇娥冤〉了，竇娥身世坎坷，又受到衙門誤判死刑，臨刑前對天發下血逆流旗杆而上、楚州亢旱三年、六月下雪三件反常誓願，結果一一都應驗了，強力控訴官吏昏庸枉法，社會強勢凌弱，百姓生活的痛苦。能為他們主持公道的只有天了。在《詩經》中對天也不是全然的信賴，當周人遭受不平時他們也會罵天，而且連天上那些星宿也無一倖免，一一被點名斥責，這在崇天信仰的中國文化中是很不可思議的。

〈蓼莪〉中孝子來不及奉養父母，發出「昊天罔極」怨怒老天無良，奪走父母；在〈小雅．大東〉詩中，因為東國人受到西方周朝重賦剝削，勞逸不均，衣食、職位都不如周人，他們只能無言仰望星空有感而發，銀河閃著光，牽牛、織女星相對而望，織女星來回天上，卻一匹布都沒織成；牽牛星名叫牽牛，卻不能駕車。東邊天空的啟明星，西邊天空的長庚星，像田網那樣的天畢星，這些星宿只能放在眾星之列，而不能有所作為。還有那南箕星，形狀像畚箕，卻不能簸揚稻穀；那北斗星，形狀像斗杓，也不能拿來舀酒漿。那南箕星伸長它的舌頭，多像要吞噬東國，還有那北斗星，長長的柄握在西方周人的手中，杓口舀向已被搜刮一空的東國啊！東國人受到西方周人無止境的索討，生活待遇處處不如周人，於是從人間連及天上，以浪漫的方式寫作，想像周人如尸位素餐的天上星宿，徒在其位，而毫無作為。這真是一篇嬉笑怒罵的佳作，連天上的星宿都罵盡了。

「溫柔敦厚，詩教也。」但《詩經》中有些怨刺詩卻刻意不用委婉含蓄的寫作方法，像〈大東〉這樣譏諷嘲笑天上星宿之作，可以說絕無僅有。這樣大膽罵天之章，必然是生活遭到極大打擊，對天失望，失去信賴而發。有一首怨天罵天的現代民歌：

老天爺，你年紀大，耳又聾來眼又瞎。你看不見人，也聽不見話。為非作歹的享盡榮華，清白善良的受盡撲殺，你不會作天，蹋了吧！

比起〈大東〉只是嘲諷天上星宿尸位素餐，對天的公平正義已經完全不信任了，毫無修飾，直白的指天罵天，比較起來〈大東〉的豐富想像，更具奇情異采。

作者小傳

呂珍玉，桃園縣人，東海大學中文研究所博士，現任東海大學中文系教授，講授詩經、訓詁學、詩選等課程。著有《高本漢詩經注釋研究》、《詩經訓詁研究》、《詩經詳析》等專書。熱愛教學研究工作，不知老之將至，最高興看到學生有傑出表現。

〈蒹葭〉伊人與在水一方的意象

黃佳敏

〈蒹葭〉出自〈秦風〉，是《詩經》中最優秀的篇章之一。關於〈蒹葭〉的主題，歷來有不同的見解，主要可以歸類成三種說法：

一、刺襄公：〈詩序〉云：「刺襄公也。未能用周禮，將無以固其國焉。」

二、招賢詩：姚際恆《詩經通論》、方玉潤《詩經原始》皆提出〈蒹葭〉是一首招賢詩。

三、愛情詩：根據字面上的意思，現代學者普遍都理解為追求不得的愛情詩。

由於《詩經》時代久遠，作者無從考證，最原始的主題也無從查實，因此對於以上三種不同的說法，也難以做出最明確的定論。但是，一般認為收錄在《詩經．國風》裡的詩基本上都是地方土樂，因此現代人閱讀〈國風〉作品，往往都不會把內容想得太過嚴肅，而是更貼近生活，表現人民的普遍思想。〈蒹葭〉這首詩，在國高中教材裡就一直被歸類成愛情詩，而這也是一般讀者最能接受的一個詮釋。

若不考慮主題問題，就詩詞表面的意思，是寫一位追求者在水邊克服重重障礙尋覓「伊人」。我們其實並不能從詩詞中得知追求者和「伊人」的性別，他們到底是誰？詩裡並沒有清楚交代。尤其是「伊人」，他或她「宛在水中央」、「宛在水中坻」、「宛在水中沚」，飄忽不定，形象是神秘、虛化的，而追求者「遡洄從之」、「遡游從之」就是為了尋找這樣縹緲的「伊人」，而所謂「伊人」卻仍「在水一方」。這似乎是一種很虛幻的追求，也就是因為這樣的虛幻意境，內容即使是追求不得，讀起來也有一種浪漫的味道。

實際上，詩歌裡所描述的景象，我們不一定要規定一個主題來約束它，〈蒹葭〉裡所謂的追求者、「伊人」，不必追根究柢他或她究竟是誰，而伊人「在水一方」是不是真實情景，也不需要去查明它的真實性。把這些當作一種意象來看，「伊人」是一種理想、一個目標，是追求者渴望得到的東西。它可以是愛情、友情、功業、權勢等等不同的代表，而「在水一方」就是這些目標追求不得的一種譬喻，是一個努力追求仍還有一永之隔的意象。

「伊人在水一方」，渴望難即，這是一種心靈上對遙遠理想的追求，而這目標卻又是虛幻不定的，人們心裡往往都會有這樣一個理想，即使努力地追溯，它依然不能得到。近在咫尺卻遙不可及。這是一個很現實的人生境遇，自古以來人人都會面臨這樣的問題，因此我們可以把〈蒹葭〉看成是以浪漫的方式把這種現象反映出來，透過「伊人」、「在水一方」的意象，把這種追求不得的哀傷抒情化，即使結局不如意，它都不會形成悲劇，而是極具抒情精神的。〈蒹葭〉塑造了這樣的意象，儘管它依然有主題方面的爭議，但卻是蘊含了深刻的人生哲理，不管任何主題，這樣的意象都能符合內容而不會有矛盾，這是〈蒹葭〉最成功之處。

〈蒹葭〉自始的主題爭議，也給予後人無限的想像空間，對往後文學領域也有很深遠的影響。瓊瑤小說《在水一方》多次被拍為電影，而其同名歌曲也被眾多歌手演唱，流傳至今仍深得人心。〈蒹葭〉被譽為經典，名不虛傳。

作者小傳

黃佳敏，就讀東海大學中文系三年級，來自馬來西亞。《詩經》裡很多詩歌的主題至今仍有爭議，透過不同的觀點理解就能得到不同的詮釋，這是我閱讀《詩經》得到最大的樂趣之一。

痛苦的呼告

呂珍玉

人都有七情六慾，《詩經》於各種情感的描述別具一格。其中書寫痛苦的篇章不在少數。痛苦通常來自愛而不可得、付出卻得不到相對的回報、孤獨無助、生離死別的無奈等。愛而不得的癡情男出現像〈關雎〉：「求之不得，寤寐思服。悠哉悠哉，輾轉反側。」翻來覆去，醒睡難安，心中塞滿她的影子；真心付出換來絕情的棄婦出現像〈谷風〉：「誰為荼苦，其甘如薺」，看到丈夫急著把自己趕出家門，好和新人親熱，那般椎心憤怨；人生路上孤獨無助的人，聲聲慨歎「嗟行之人，胡不比焉？人無兄弟，胡不佽焉？」路上的人何其多？總不如親兄弟真誠；墳前那個未亡人，不知幾回又來到丈夫墓前，喃喃自語道：「夏之日，冬之夜。百歲之後，歸于其居。冬之夜，夏之日。百歲之後，歸于其室。」歲月漫長，何時才能和你相見在黃泉？《詩經》中這些痛苦人物形象足夠囊括現實人生痛苦百態，讀這些詩篇，除了看到生而為人的無可奈何之外，也看到詩中人物痛苦的心境，反思人們應該如何走出人生困境。

詩人以高度的寫作技巧，為我們留下遭遇不同的悲苦人物形貌樣態，同情他們的遭遇。《詩經》中寫憂苦的詩篇遠比歡樂高出許多，在寫法上最常用的還是最為質樸直接的呼告法。心中壓抑著痛苦，需要大聲宣洩出來，有時對著呼告對象，沒呼告對象時就對著老天爺大喊，說出來就是一種抒發，詩人深知這種最為質樸原始的精神治療方法。

〈鄘風・柏舟〉

汎彼柏舟，在彼中河，髧彼兩髦，實維我儀，
之死矢靡它，母也天只，不諒人只。
汎彼柏舟，在彼河側，髧彼兩髦，實為我特，
之死矢靡慝，母也天只，不諒人只。

一個女子死心蹋地愛上了那位「髧彼兩髦」的男子，偏偏她的父母不贊成，在傳統以「父母之命，媒妁之言」的禮教下，她不能愛其所愛，只能請求父母成全這段愛情了，看來還是得不到父母的體諒，她無奈的對著老天爺呼告，請求老天爺做主。

〈魏風．碩鼠〉

碩鼠碩鼠，無食我黍！三歲貫女，莫我肯顧。逝將去女，適彼樂土；樂土樂土，爰得我所。
碩鼠碩鼠，無食我麥！三歲貫女，莫我肯德。逝將去女，適彼樂國；樂國樂國，爰得我直。
碩鼠碩鼠，無食我苗！三歲貫女，莫我肯勞。逝將去女，適彼樂郊；樂郊樂郊，誰之永號？

魏地稅收繁重，民不聊生，詩人寫出重稅下，一再付出，卻得不到國君體恤的百姓哀嚎。他們對著那隻在糧倉中安逸吃著米糧的大老鼠呼告，再也無法忍受牠的剝削了，要去尋找一處桃花源人間樂土，得到勞動應得的成果。全國子民對著那隻肥大的老鼠呼號著，希望牠能聽見，不要趕盡殺絕的吃光稻麥，留些給他們吃吧！但是那隻無禮、貪殘，醜惡的老鼠一副依然故我不改其態，甚至連還未長成穀物的苗，都被啃光了，毫不理會他們的哀號。

《詩經》中征戍、行役詩數量不少，側面反映周代外患和諸侯國之間的戰爭，以及政令傳達、稅收、交通等等問題。尤其西周末年到春秋時期，諸侯衝突，四方外患，戰爭頻仍，奔走在周道上的征夫、官吏的悲歌，傳唱於途，詩人寫下他們的哀號。像是〈唐風．鴇羽〉：

肅肅鴇羽，集于苞栩，王事靡盬，不能蓺稷黍，父母何怙？悠悠蒼天，曷其有所！

肅肅鴇翼，集于苞棘，王事靡盬，不能蓺黍稷，父母何食？悠悠蒼天，曷其有極！

肅肅鴇行，集于苞桑，王事靡盬，不能蓺稻粱，父母何嘗？悠悠蒼天，曷其有常！

這位士兵平時在家種田，和父母家人過著安樂的生活，但是戰爭來了，他像是打鴨子上架似的，被驅趕到隨時可能成為砲灰的戰場，面臨敵我廝殺，死亡的威脅，內心充滿著無法言喻的恐懼，又憂心父母無人奉養，無奈的對著蒼天呼告何時戰爭停止，可以回到那簡單平靜的生活呢？

天、國君、父母往往是《詩經》中遭受痛苦的人呼告的對象，皇天高高在上，能看、能聽，明察一切，公正公平，也是命運之神，所以當人遭遇命運的擺弄時，最直接的方式就是擡起頭遙望渺遠的蒼天，請祂來主持公道。人都由父母所生，父母無不愛子女的；國君則是人民政治上的父母，對他的子民也有保護的責任，當人們遭遇不平時，除了呼天之外，當然就要呼父母了。《詩經》開創我國文學呼天呼父母的情感最直接抒發方式，樸實無華，無須修飾，卻是最沉痛的呼聲。太史公在《史記．屈原列傳》說屈原作〈離騷〉：「夫天者，人之始也，父母者，人之本也。人窮則反本，故勞苦倦極，未嘗不呼天也；疾痛慘怛，未嘗不呼父母也。」是因遭受極大的痛苦，呼天呼父母怨生之作，其實這樣最痛澈的呼告心扉源於《詩經》。

作者小傳

呂珍玉，桃園縣人，東海大學中文研究所博士，現任東海大學中文系教授，講授詩經、訓詁學、詩選等課程。著有《高本漢詩經注釋研究》、《詩經訓詁研究》、《詩經詳析》等專書。熱愛教學研究工作，不知老之將至，最高興看到學生有傑出表現。

二 寫作主題篇

實用的《詩經》植物

趙詠寬

凱風自南，吹彼棘心，棘心夭夭……

「媽媽！您在幹什麼？」

「我在護肝明目、養顏美白啊！」

「為什麼？」

「這樣才可以陪你長長久久啊！」

「媽媽！等我長大，以後有錢，給您蓋座花園好不好？」

「傻孩子！不用，給我一座菜園還比較實在！」

說到文學世界中的植物，在歐美文學常會見到玫瑰、鳶尾、百合；中國古典文學會有牡丹、菊花、梅花。再早一點的《楚辭》，會多次提到香草。故一般認知中，翻閱詩詞歌賦中的植物圖鑑，期待看到的是一座又一座美麗的花園，聞到一陣又一陣沁雅的花香。那麼，中國最早的詩歌總集《詩經》是否符合預設的想像呢？

〈周南．桃夭〉提到：

桃之夭夭，灼灼其華。之子于歸，宜其室家。
桃之夭夭，有蕡其實。之子于歸，宜其家室。
桃之夭夭，其葉蓁蓁。之子于歸，宜其家人。

詩中的桃花是結實用的桃花，其花粉嫩溫潤，嬌羞待發。盛開之時，秀麗燦爛，好不熱鬧。故〈桃夭〉的畫面儼然是一幅美麗的春桃百花圖。又〈衛風．木瓜〉提到：

投我以木瓜，報之以瓊琚。匪報也，永以為好也！
投我以木桃，報之以瓊瑤。匪報也，永以為好也！
投我以木李，報之以瓊玖。匪報也，永以為好也！

詩中雖提到木瓜、木桃、木李三種植物名稱，但都是木瓜屬的植物。該木瓜不是菜市場常見的熱帶蔬果木瓜，而是有海棠之稱的薔薇科植物。其花狀似梅花，但比梅花更紅、更艷。其姿態不若梅花孤傲，而是熱鬧繽紛。故其場景爭妍鬥麗，好不活潑。

這兩首詩會讓我們認為：「哇！《詩經》的植物世界果然如想像中，是一座座『空靈』的中式庭園，開滿各式各樣的花朵。」事實是這樣嗎？根據學者統計，《詩經》出現的植物大致可歸為下列幾項：

一、糧食：如黍類、小麥、大麥、稻米、小米等。
二、蔬果：如蒿、薺、葵、韭、芹、桃、梅、李、栗、棗等。
三、藥用：如枸杞、遠志、酸模、澤瀉、貝母等。
四、紡織：如葛、紵、麻、菅、桑、蘩、綠、藍、邑、茜等。
五、祭祀：如蓍草、白蒿、馬藻、鬱金、韭菜等。
六、器物：如梓、桐、檀、榆、柏、荊、蒲、薹、莞、茅等。
七、觀賞：如芍藥、唐棣、木瓜、凌霄、木槿等。

由上可知，這些分類中，只有一項是觀賞，其他六項則是非常生活且實用的功能，也可見《詩經》作者於植物的關注點為何。

若就《詩經》植物品種的出現次數來看，出現最多次的植物是「桑」，有二十次；第二是「黍」類，有十七次；第三是「棗」，有十二次。桑的功能甚多，果實可供食用；樹皮可供藥用；葉子可供養蠶，經濟價值頗高。黍類，是糧食作物，耐旱、耐瘠，不須費心照料，適合北方乾燥的氣候。棗，在《詩經》中多以「棘」字出現，其果實味甘性溫，可當零食，亦可滋補身體。這三樣植物都有非常實用的功能。

如果就《詩經》篇幅最長的〈閟宮〉來看，其提到的植物有：黍、稷、菽、麥、稻、秬、松、柏。前六項是糧食作物，後二項是建築用的樹木。若就《詩經》出現最多植物的〈七月〉來看，其提到的植物有：桑、蘩、萑、葦、葽、鬱、薁、葵、菽、棗、稻、瓜、壺、苴、荼、樗、黍、稷、麻、麥、茅、韭，這些植物都是上古先民們全年農事處理所及的「作物」。

因此，當我們走進《詩經》的植物世界，撞進眼簾的也許不是一幅又一幅的童話花園，而是堅固耐用的森林、延年益壽的藥草園、幫助消化的果園、飽食裹飢的農田，也就是陪伴我們日常，一幕又一幕的翩翩者鵻，載飛載止，集於苞杞……

「媽媽！我長大後要永遠陪著您！」

「好啊！」

「媽媽！紅棗枸杞茶好喝嗎？」

「自己種的，天然、有機！當然好喝！」

作者小傳

趙詠寬，彰師大國文所博士班學生。期許此生有座屬於自己的花園，並有株解語花，與之共賞。彼澤之陂，有蒲菡萏。有美一人，碩大且儼。

草食男與肉食女

袁曼華

無意中看到一個電視節目，大意是說日本有許多宅男，情願窩在家裡，也不肯花心思去追女朋友，這些男孩子，就如同草食性動物般，個性內向害羞，所以被戲稱為「草食男」。

相反的，有越來越多的女孩子，一反傳統日本女性溫柔、含蓄的形象，主動的向男孩子示好、邀約，其行徑如同肉食動物般，積極獵食，於是乎被戲稱為「肉食女」。

節目主持人訪問數個「肉食女」，大讚其「前衛」行為，其實這樣一點都不前衛，因為我們的女性老祖宗，早在兩千多年前就很主動的表現情感了，《詩經》中有好幾首這樣的詩，試舉三首如下：

〈摽有梅〉

摽有梅，其實七兮；求我庶士，迨其吉兮。

摽有梅，其實三兮；求我庶士，迨其今兮。

摽有梅，頃筐塈之；求我庶士，迨其謂之。

青春易逝，如同樹上梅子成熟而漸漸掉落，當樹上還有七成梅子時，這女孩呼告男方，趕在吉日來求親，樹上梅子剩三成時，這女孩更急了，請求男方趕在今日來求親，等到樹上的梅子都掉光了，女孩求嫁的急迫心情一層深似一層，要求男方不必備禮而直接求親，由此可見女方之積極主動，依時間的緊急性，在策略上做必要的調整。

〈子衿〉

青青子衿，悠悠我心。縱我不往，子寧不嗣音！

青青子佩，悠悠我思。縱我不往，子寧不來！

挑兮達兮，在城闕兮。一日不見，如三月兮！

這首詩敘述女子的焦急與盼望之情，第一章與第二章是對男方的嬌嗔：「縱使我沒去找你，你就不能捎個信給我嗎？」更進一步的說：「縱使我沒去找你，你就不能來找我嗎？」第三章像是獨白，也像是對男方大膽的吐露衷情，「挑兮達兮」寫女子的不安，而一日不見如隔三月，更是誇張的思念之詞，如果是在現代，我們彷彿聽到這女子撒嬌的說：「哎！你這小沒良心的，你不懂我的心嗎？」

〈褰裳〉

子惠思我，褰裳涉溱。子不我思，豈無他人？狂童之狂也且！

子惠思我，褰裳涉洧。子不我思，豈無他士？狂童之狂也且！

這首詩，我們看到一個使心機的女子，她欲擒故縱的對男子說：「你不想我，難道就沒有別的男人愛我嗎？你這小子太狂了。」這是激將法，激這男子涉水來看她。在感情的世界裡，的確有時候得花心思去激勵對方，否則感情的溫度恐怕會下降。

自己的幸福是要靠自己去追求，奉勸當今女性，要把握青春時光，如果遇見自己心儀的「草食男」，無需太矜持，請細思《詩經》中的智慧，就算當個「肉食女」又有何妨？

作者小傳

袁曼華，民國四十四年出生於雲林縣，高中就讀臺南女中，民國六十六年畢業於東吳大學英文系，旋即投入商業職場，基於對中國文學的嚮往，且兒女均已就業，遂於民國一〇二年辭職，選擇環境優美的東海大學，就讀中文系。

在水一方的沙崙玫瑰

邱柏豪

沙崙玫瑰，盛產於地中海附近一帶，長於沙崙濱海濕地，其實長得像鬱金香，每株只有花一朵，花色則是深到發黑的紅。在古波斯的傳統裡，沙崙玫瑰是愛的記號，當男子把這深紅的沙崙玫瑰送給所愛的女子時，象徵她的心如花瓣般被燒透，連同花萼也被燒成黑色一樣，是獨一而炙烈的。這般富有浪漫情感意涵的沙崙玫瑰的生長地，果真可說是「在水一方」！

〈秦風．蒹葭〉有著這樣一段文字：「蒹葭蒼蒼，白露為霜。所謂伊人，在水一方……」這是為人所熟知的一篇，姚際恆《詩經通論》言此詩為懷人之作，傅斯年《詩經講義》更明白地說這是相愛者之詞，王國維在《人間詞話》也曾言：「《詩》〈蒹葭〉一篇，最得風人深致。」〈蒹葭〉，好一篇婉轉的相愛者之詞！令人想起《聖經》中的〈雅歌〉，〈雅歌〉亦被稱作「歌中之歌」，寫的是索羅門王與新婦的對話，同《詩經》被歸類為詩歌體裁，當中記載了這段對話：「我是沙崙的玫瑰花，是谷中的百合花。我的佳偶在女子中，好像百合花在荊棘內……」，這是屬於新郎與新婦間的戀慕之詞，甜蜜、佳美而綿長。

《詩經》，中華文化中早期先民的生活記事，一首首詩歌裡記錄整個周代上自宮廷權貴，下至布衣百姓的生活、情感，其中愛情、相思此類主題最為人所傳頌。《聖經》，西方文化之起源，承載著整體文明、藝術和宗教的流變，然而這麼一部偉大的經典，卻在其中蘊藏了篇小巧、愉悅、情感濃烈的「歌中之歌」。由此看來，當黃河畔的思念之歌遇上希伯來游牧民族的甜蜜絮語，毫無衝突之感，更多一致的是其中真摯而強烈的情感，《詩經》裡許多時候喜愛用事物來表情，自然之物尤甚，如前面提到的〈蒹葭〉：「蒹葭蒼蒼，白露為霜。所謂伊人，在水一方。遡洄從之，道阻且長。遡游從之，宛在水中央。蒹葭萋萋，白露未晞。所謂伊人，在水之湄。遡洄從之，道阻且躋。遡游從之，宛在水中坻。蒹葭采采，白露未已。所謂伊人，在水之涘。遡洄從之，道阻且右。遡游從之，宛在水中沚。」此詩之所以成為《詩經》愛情詩的代表．是因其以蒹葭、白露、水之湄等絕美的景致替代對愛與思念的描寫，無論是焦急的渴望抑或苦苦地追求、等待，一切都化在迷茫水霧中，這樣帶點蕭瑟、夢幻的描寫，怪不得令人難忘。

〈鄭風．野有蔓草〉：「野有蔓草，零露漙兮。有美一人，清揚婉兮。邂逅相遇，適我願兮。野有蔓草，零露瀼瀼。有美一人，婉如清揚。邂逅相遇，與子偕臧。」詩中率真的情感，二人一見鍾情．可望比翼雙飛的情景，躍然於同牧歌般的字句間，而〈雅歌〉第二章中也存此般浪漫的文字：「聽啊！是我良人的聲音；看哪！他躥山越嶺而來。我的良人好像羚羊，或像小鹿。他站在我們牆壁後，從窗戶往裡觀看，從窗櫺往裡探視。我良人回應我說：『我的佳偶，我的美人，起來，與我同去！因為冬天已往，雨水止住過去了。地上百花開放，百鳥鳴叫的時候已經來到；斑鳩的聲音在我們境內也聽見了。無花果樹的果子漸漸成熟；葡萄樹開花放香。我的佳偶，我的美人，起來，與我同去！』」在《詩經》裡思念的濃烈流竄在蒹葭蔓草間，而〈雅歌〉中，男女相愛伴隨的是玫瑰百合的芬芳，相較之下，前者較為含蓄婉約，後者浪漫熱烈，巧的是，二者皆擅以自然之物喻情，而以上所列的兩段文字，皆富有田園牧歌的韻味，清麗而真切！

由此可見《詩經》與〈雅歌〉在愛情的主題上皆有頗高的文學藝術造詣，也與生活、自然景境有所呼應。看來，上古時代人們的情感反而自然流露，尤其《詩經》，在後來的各式著述中，強加上了禮教、后妃之德的解釋，反而削弱了其本來光彩，然今人觀之，則別有一番領悟和意會，更肯定了其中真實情感的流露。愛情，本就是千古以來人們不斷傳寫、稱頌的主題，今天我們在這兩部富有重要地位的經典中，看見另一種不同的面向，而悄然綻放你我心中的，是那「在水一方的沙崙玫瑰」，香氣縈繞，良久，良久……

作者小傳

邱柏豪，現為東海大學中文系四年級學生，嘗試將《詩經》與《聖經》對照，觀察東西方兩部經典對愛情的書寫。

彼岸

賀媛霞

蒹葭蒼蒼，白露為霜。所謂伊人，在水一方。
遡洄從之，道阻且長。遡游從之，宛在水中央。

輕柔曼妙的一層霧籠罩著深秋的霜華。佳人一襲白紗，肌膚勝雪，烏髮披肩。遠遠的，看不見她的臉。她回眸一笑，百合花香氣氤氳鼻翼；她眉目淡蹙，輕唇一咬，兔子瞪著眼睛，絨毛在晨光裡微閃；她含淚雙眸，梨花一枝帶春雨；她笑彎了眼，陽光的星子直逼雙眼。望之在左，忽焉在後，輕飄輕邈。與她的距離那麼遠，望不到邊，距離那麼遠，走不到的咫尺天涯。輾轉反側，寤寐思服。夙興夜寐，靡有朝矣。

當初渴望的遠山遠水，是暗戀者的心，或明或暗，總是好的；為了到達彼岸，是消得人憔悴，衣帶漸寬的無悔；一旦到了彼岸，發現原來愛的不是伊人露水，而是自己的幻想。叔本華的鐘擺在頭頂嗡嗡作響。

到不了的彼岸，填不滿的遺憾……

鏡中看花，水中望月。沈從文的湘西，一首悠長的田園牧歌，達芬奇的〈蒙娜麗莎〉，擁有「神秘的微笑」，竟成一個謎，貝多芬的萊茵河在心頭流淌……甚至友人興奮表情裡的張家界、九寨溝，一旦近距離觀望，似乎事物開始張皇失措，想象中的優雅儘失，醜態畢出：嘈雜市井的鳳凰古城與別處的鬧市別無二致，詩意全無。蒙娜麗莎真人據說是隻恐龍，萊茵河摘下面紗，普普通通。

總有一位伊人住在我們的心中，我們用最美的詞彙讚美她，用最華美的衣物妝飾她，把最真摯的情感傾注與她。我們的心意就是她。不是因為她美好，而是因為她在彼岸，我們難以企及。我們與其說在愛著遠方，不如說愛著到達不了的遠方。

這樣，痛苦的想著，這樣，痛苦的遺憾著。但終究，看到了佳人的臉。

彼岸，在我腳下。

我有一個朋友，高中時暗戀一個男生。在她眼中，他會打籃球，會學習，長得帥，個子高，眼睛有神……他滿足了她關於白馬王子的全部幻想。暗戀三年，最後他們再也沒見過面，然而她也不想見，她說，就讓他活在我最初的記憶當中，就讓他完美無缺的留在過去。我不願意一個大肚腩一臉鬍子渣兒的中年老男人出現在我面前，他會毀掉我青春最美的幻想。

還有一個女生，跟男朋友分了手。她知道原因是男方家庭不允許唯一的兒子跟一個回族姑娘結婚。她知道他左右為難，更重要的是她知道他是個好人，但是她更明白生活的無情之處，「我無法想像他這麼心軟的一個人會決絕的站在我面前提出分手，會歇斯底里的說出傷害彼此的話。我們之間有過太美好的回憶，他對我有過最真的情感，我不想眼睜睜地看著它在家庭的拉鋸戰中消失殆盡。在徹底的傷害之前，適可而止，是對這段感情最好的註腳。」

蒹葭蒼蒼，白露為霜。所謂伊人，在水一方……

伊人可以活在那個審美世界裡，想起她，想起了我們急湧暗流的情感歷程，想起了年少輕狂，想起來三月的鮮花和陽光。想起她，想起沒有看到的真人蒙娜麗莎，心懷慶幸。

這樣，真的也好。伊人的臉，永永遠遠都像我想的那麼美。

彼岸，在我心裡。

作者小傳

賀媛霞，女，一九九四年出生於內蒙古鄂爾多斯市。就讀於寧夏大學，是人文學院漢語言文學文秘專業十三級的一名本科生，二〇一五年秋季來東海大學訪學半學年。喜歡文學，喜歡文字，喜歡挑戰，喜歡不一般。

風雨來臨時

謝宛臻

〈鄭風・風雨〉

風雨淒淒，雞鳴喈喈，既見君子。云胡不夷？
風雨瀟瀟，雞鳴膠膠。既見君子，云胡不瘳？
風雨如晦，雞鳴不已。既見君子，云胡不喜？

風雨飄搖，昏暗如夜，飽受相思之苦的女子，見到心愛之人，如藥到病除，笑逐顏開。原本忐忑的心情得以平復，憂愁得到療癒，懸空的不安得到解脫與歡樂。讓人聯想到法國文學家羅蘭巴特的《戀人絮語》：「戀人感到與情人的任何一次相會都像是一次節日」。「一日不見，如隔三秋」，在女子心中，與闊別已久的君子重逢，可說是一件歡欣又浪漫的事情。

此詩的節奏重章反覆，好似一首清朗的情歌，心中溫柔而喜悅的呢喃。在幽暗而落雨的氛圍中，驚喜地看到了熟悉的身影。此情此景，亦如同電影運鏡的腳本，充滿了畫面感：在一個風雨交加的日子，兩人全身已被大雨淋得透濕。特寫鏡頭中，女子的五官清秀，水滴從鼻尖滴落，眼裡閃動著如雨水般清澈的光亮。男子憐愛而小心地拭去她臉上的雨水，那抑或是喜極而泣的淚珠。日常生活中，倘若落雨，人們定是即刻找地方躲雨。而與心愛之人的重逢，即使在風雨之中，亦是無妨的。本來充滿「愁苦」或者「憂鬱」的暗示，正好襯托了愛情的堅韌，成為彼此真情的見證。原本風雨編織的場景，狼狽的模樣，因心境的轉化，成了迷夢的畫意。風雨伴隨雞鳴，更象徵著堅定不移的信念。雖然只有短短幾行，風瀟瀟，雨淒淒，「既見君子。云胡不夷？既見君子，云胡不喜？既見君子，云胡不瘳？」，「風雨」不僅成了兩人之間拉近距離的線索，更凸顯了雙方不畏風雨的愛情。

有一句電影的臺詞是這樣說的：「所有的相遇都是久別重逢」。是啊，在這茫茫人海，有緣相遇、相知、相惜……實屬不易，但畢竟，所有美好的想像都敵不過「無常」的摧殘。「天下無不散的筵席」，離別是痛苦的，但正是因為人們始終相信：在離去之後，會再有相聚、重逢的一天，所以能夠繼續懷著勇敢、懷著感謝與希望地面對感傷，再以褪去悲傷的自己，重新擁抱無限光明的生活。

願望的再次實現，讓人們印證了心的力量。失落的再次回歸，是多麼珍貴而感人肺腑。倘若事與願違，又有何妨呢？因為人們的心，早已學會承擔，過去經歷的所有，曾經以為是「終點」的那些，恰恰是一個全新的開始。而這重逢的日子，在彼此心中，定義為美好的節日，一如上天的恩賜，值得慶賀與紀念。記憶中的愛，在此刻，終於「沐雨重生」。

新生代歌手盧廣仲也有一首歌名為「風雨」：

也許風／吹亂你世界／
下大雨／不能冒險／
我會讓你明白／這風雨／就讓我為你去面對

我想，在作品中，讓人為之動容的，不僅是風雨。更多時候，是為了所愛，在風雨中久久等待、永懷期盼，以及獨自面對風雨的從容勇氣。

作者小傳

謝宛臻，目前就讀於東海大學中文系四年級，熱愛文學及藝術，平時愛逛展覽。這次選擇了「風雨」這首詩，本來是不喜歡下雨天的，但這首詩讓人特別感動。希望能將課堂的靈感帶到日常生活中，繼續思考與學習。

現代愛情與《詩經》

廖怡情

前陣子新聞報導、網路上鬧得沸沸揚揚的就屬那對相差四十歲的「爺孫戀」了。他們的戀情一直受到大眾的注目，在網路上，有嘲笑的、有不看好的、有看熱鬧的，就是少了真心祝福他倆的人們。但這些人們都不是他們愛情最大的阻礙，女方的父母千方百計的反對這段戀愛，花招出盡、口舌耗盡，還是沒能說動沉浸在愛情中的女兒。在女方的社群網路上，她寫下了很多句子。她寫到網友們的指控讓她想到了古時候男方帶媒人去提親，女方只能在房間裡等待，沒有一絲說話的權利。網友們罵她不孝，甚至給她冠上了「世紀不孝女」的稱號。對此她的回應是：「生小孩不是為了養兒防老，是創造生命，讓生活有新的陪伴，就像交個新朋友一樣。」看得出來女孩是很有自己的想法的，並且沒有要向任何人妥協的意思。他們的故事，讓我想到〈鄘風．柏舟〉：

汎彼柏舟，在彼中河。髧彼兩髦，實維我儀。之死矢靡它。母也天只！不諒人只！

汎彼柏舟，在彼河側。髧彼兩髦，實維我特。之死矢靡慝。母也天只！不諒人只！

隨波漂浮的柏木舟，擺盪在河的中央。頭髮往兩邊垂下的男子，是個和我很匹配的男子。我發誓到死心裡都只有他一個。母親啊！天地啊！為什麼這麼不體諒人呢？

隨波漂浮的柏木舟，擺盪在河的兩側。頭髮往兩邊垂下的男子，是個和我很匹配的男子。我發誓到死都不會改變心意。母親啊！天地啊！為什麼這麼不體諒人呢？

這是一首描寫女子有所愛之人，但是母親卻反對她。詩作一開始就用了在河中飄浮擺盪的船隻來比喻女子內心的惴惴不安。透過文字，我們彷彿感受到了那備受壓抑的女子。接著描寫她的愛人，那男子是她心目中的唯一，不會再有別人比他更好、更完美了。因為她的愛人是這麼的美好，她實在是不能失去他，於是女子對天說出了她至死不渝的愛情宣言。最後以向母親、向天地呼告作結。那呼告是哀切的、也是倔強的。詩中的女性，有別於我們以為的古代傳統女子，她是激烈而堅決的，就像是一頭勇敢的小獸，面對這座由父母之命和舊禮教、舊傳統組成的高大圍牆，她不甘願乖乖的被束縛於其中，她選擇奮力去衝撞、去爭取她自己想要的幸福。

然而不是所有的女性都有勇氣去對抗那座扼殺幸福的高牆。〈鄭風・將仲子〉寫的就是女子在面對父母和禮教壓力下的矛盾掙扎：

將仲子兮！無踰我里，無折我樹杞。豈敢愛之？
畏我父母。仲可懷也，父母之言，亦可畏也。
將仲子兮！無踰我牆，無折我樹桑。豈敢愛之？
畏我諸兄。仲可懷也，諸兄之言亦可畏也。
將仲子兮！無踰我園，無折我樹檀。豈敢愛之？
畏人之多言。仲可懷也，人之多言，亦可畏也。

願我的愛人仲子啊！不要來到我的村里，不要折斷里中杞樹。哪是捨不得那杞樹？我是害怕父母知道啊！仲子啊！我是思念著你的，但是父母的言論更教人害怕啊！

願我的愛人仲子啊！不要攀爬我的圍牆，不要折斷我牆內桑樹。哪是捨不得那桑樹，我是害怕兄長知道啊！仲子啊！我是思念著你的，但是兄長的言論更教人害怕啊！

願我的愛人仲子啊！不要進到我的庭園，不要折斷我的檀樹。哪是捨不得我的檀樹，我是害怕他人言論啊！仲子啊！我是思念著你的，但是他人的言論更教人害怕啊！

〈將仲子〉中的女子和〈柏舟〉中的女子形成一個很強大的對比，但也很有力的反映出在那個時代愛情是怎麼被家庭的壓力和社會的觀感所扼殺。想愛而不敢愛、想愛而不得愛，這就是當時女子的普遍命運。我們可以將她們的悲慘歸咎於民風的不開放；歸咎於愛情觀念的陳腐。時代不斷的向前更替著，我們以為我們跨越了古代的陳腐，我們以為現代社會再也不會有想愛而不能愛的悲劇。但其實我們還是和從前一樣，對著和自己無關的他人的愛情，說三道四。「人之多言亦可畏也。」

那「爺孫戀」的女主人翁，不但是〈柏舟〉詩中那大聲疾呼，盼望父母不要反對她愛情的女子，也是〈將仲子〉詩中愛情受到諸多壓抑的女子。跨越了那麼多個世紀，愛情自由仍然有很大的進步空間。

作者小傳

廖怡晴，就讀東海中文系四年級。喜歡所有和文字有關的一切。

追求與思念

林昆履

攤開報紙，聳動的標題寫著一件又一件驚駭的社會事件：「追求不成引殺機，男砍死女父親」、「追求不成引殺機，兩國中生英勇救人」。有的人因追求不到心儀的對象，寧願對方死去，也不願見到對方和別人在一起，對方永遠是我的！只能對我忠貞。或是挾恨報復，你為什麼不喜歡我？於是憤而將心儀的對象給殺了。也有人因為父母的阻攔，於是將對方或雙方的父母給殺了，這些偏激的感情觀往往造成令人遺憾的事情發生。《詩經》中有幾首詩描寫周人追求、思念愛人，他們健康的心態，平和的傳達情感方式，值得我們學習。

〈周南‧關雎〉

關關雎鳩，在河之洲。窈窕淑女，君子好逑。

參差荇菜，左右流之。窈窕淑女，寤寐求之。

求之不得，寤寐思服。悠哉悠哉，輾轉反側。
參差荇菜，左右采之。窈窕淑女，琴瑟友之。
參差荇菜，左右芼之。窈窕淑女，鐘鼓樂之。

〈關雎〉名列三百篇第一篇，自有其重要意義。詩寫一名男子在見到心儀女子後，展開一連串的追求攻勢，《詩經》大多使用疊章複沓這樣的文學藝術，反覆吟詠，表達主人翁內心的渴求，但這種渴求，絕不是現代男女使用激進的手法，以求擁有對方。首先，主人翁在見到黃河的沙洲上有隻關關叫著的雎鳩鳥。由物象起興，興發主人翁思戀的那位窈窕淑女，直截的說道：啊！那淑女正是君子我的好伴侶啊！第一章結束後，接著他說道他如何追求那淑女，他採摘荇菜，這可能是那淑女常在黃河畔所做的事，他從那女子常做的事下手，慢慢接近，含蓄委婉。連在夜裡夢寐之間還想著要如何追求那窈窕淑女，然後主人翁自己又說他這招無效，他並不直接殺到女方家裡，強迫女方一定要嫁給他，他只是感嘆：「唉……我追求不到她……」他選擇自己處理，怎麼處理？反覆的思念對方，時機成熟了，總會追到她的。那份思念深長，令他在床上輾轉反覆，怎麼樣也睡不著，寥寥數語，我們看見《詩經》溫柔敦厚的文學藝術，用語言動作表達亟欲追求對方，乃至於因持續思念對方而無寐，無寐，只有自己失眠了，但他不氣餒，他不採激烈手段強迫對方就範。他繼續製造巧遇，躲在一旁，這邊採採那邊摘摘，謹慎摘採隨水漂流的荇菜。然後他終於有機會與那名淑女接觸了，他用當時周代六藝之一樂來展示自己有才華，與她交友；同時，他也用鐘鼓取悅對方。

在這一名篇裡，《詩經》巧妙的運用疊章複沓、反覆吟詠的方式，用物象興發主人翁表達追求對方一連串的行動，但這行動充滿著含蓄蘊藉，一步步追到對方，追求的過程精彩，一方面告訴當代男女在追求時應當像這詩篇的作者學習，慢慢的，像是製造巧遇，慢慢接近對方，在接近之後，用相敬如賓的態度，告訴對方自己有的優點、長處，找到共通的話題。

〈關雎〉之外〈蒹葭〉是另外一首流傳廣遠，膾炙人口的求而不得詩篇：

蒹葭蒼蒼，白露為霜。所謂伊人，在水一方。
遡洄從之，道阻且長。遡游從之，宛在水中央。
蒹葭淒淒，白露未晞。所謂伊人，在水之湄。
遡洄從之，道阻且躋。遡遊從之，宛在水中坻。
蒹葭采采，白露未已。所謂伊人，在水之涘。

遡洄從之，道阻且右。遡游從之，宛在水中沚。

這首詩與上一首〈關雎〉相似，寫的也是男性追求女性的詩，在文學藝術上，作者同樣藉由反覆吟唱的方式表達追求女性的渴望與困難，在第一章，作者從蒹葭這個物象起興，由某物象聯想到人事，蒹葭長在水邊是這樣的茂盛啊！那秋天之露水遇冷凝結成白色的結晶顆粒。作者一見此景馬上聯想到那名愛慕許久的伊人，這時他連對方的名字都還不知道呢！可見當時的人民對於心儀的對象，是如此委婉含蓄，他想到那天見到的伊人，就站在某條河的一邊，那畫面我想很美吧！就像是最近的電影〈太平輪．亂世浮生I〉裡金城武飾演的那個角色，想像著長澤雅美扮演的日本女子，她在山丘一片白茫茫的蒹葭叢中彈奏鋼琴，那般浪漫的邂逅吧！只是這首詩中的女子並無特定的處所，作者試圖製造一種朦朧美的文學藝術，男子想再靠近一點看她的面容。在這首詩中作者用了很生動的內容說著，男子先是逆流而上，可是水道崎嶇難行，千辛萬苦還是找不到她的足跡。他接著順流而下，眼見那女子就站在水中沙洲，但卻可望不可及，仍然有著一水之隔。作者不斷的用著重複的句式，接連三章以電影運鏡之手法，透過男子的追求行動，鋪陳女子的可遇不可求，充滿著朦朧浪漫美感。最後作者並未說明男子究竟有沒有追求到那名女子，留給後人無限揣想，究竟他最後追求到伊人了嗎？伊人給了他怎樣的回應？

詩人用象徵來寫追求，那個伊人可以是愛人、賢者、理想等等常人一生辛苦追求尋覓的對象。如果我們把這首詩看成是愛情詩的話，詩中這個男人經歷重重艱辛去追求心儀的對象，如此誠摯，甘心情願的付出，最後是伊人就在眼前，這一水之隔，或許是最後的考驗，也或許是種追求不得的悵然，每個人都要在得失之間盡力而為，結果如何只能隨順淡然了。

另外一首絕美的求而不得詩篇，則非〈漢廣〉莫屬了：

南有喬木，不可休思。漢有游女，不可求思。
漢之廣矣，不可泳思。江之永矣，不可方思。
翹翹錯薪，言刈其楚。之子于歸，言秣其馬。
漢之廣矣，不可泳思。江之永矣，不可方思。
翹翹錯薪，言刈其蔞。之子于歸，言秣其駒。
漢之廣矣，不可泳思。江之永矣，不可方思。

這首詩也採取疊章複沓，迴環吟詠，造成一種意蘊深長的文藝風格。詩人以南方高大的喬木起興，因為喬木枝葉稀疏，無法遮陽，而不可休憩，眼見心儀的女子在漢水畔出遊，卻無法追求她，望著浩渺廣遠的江漢之水，就猶如她和他之間的距離，無船可渡，如何傳情給她呢？於是他對著江漢之水，悠悠的唱著滿腔不為她所知的愛意，隨著迷離惝恍的水流釋放那股求而不得的苦澀憂傷。

這些詩篇對追求、相思都做了細膩的書寫，愛是真誠無私的付出，相思追求雖苦，但只有經歷過這些苦澀的過程之後，才能真正品味愛的甜美幸福。從《詩經》這三首追求與思念詩篇，或許可以提供現代人了解愛的真諦。

作者小傳

林昆履，現為東海大學大四生，本篇是有感近日多起「因告白遭拒而殺害對方」的社會事件而作。個人平時喜歡閱讀文學作品，興趣是看書、聽音樂與寫作。

《詩經》中的男歡女愛

紀孟妤

《詩經》中的愛情詩，廣義的說應包括棄婦詩和哀怨詩，狹義的則專指男歡女愛的詩，我以男歡女愛詩為主題，了解這些詩篇的抒情方式。

〈關雎〉

關關雎鳩，在河之洲。窈窕淑女，君子好逑。
參差荇菜，左右流之。窈窕淑女，寤寐求之。
求之不得，寤寐思服。悠哉悠哉！輾轉反側。
參差荇菜，左右采之。窈窕淑女，琴瑟友之。
參差荇菜，左右芼之。窈窕淑女，鐘鼓樂之。

雎鳩鳥關關叫，在那河中沙洲上。美貌有德好姑娘，君子一心追求她。高低不齊的荇菜，左邊採啊！右邊採。美麗有德好姑娘，醒睡都在想著她。
沒能追求到她，時刻都在思念她。相思綿綿心事重，翻來覆去睡不著。
高低不齊的荇菜，左邊採啊！右邊採。美麗有德好姑娘，彈琴鼓瑟來傳情。
高低不齊的荇菜，左邊採啊！右邊採。美麗有德好姑娘，敲鐘打鼓使她樂。

從〈關雎〉來看，當時的君子追求淑女，求之、思之、友之、樂之的過程，其實和今日社會男追求女並無差別，追求時得不斷付出打動對方，執著和真誠是恆久不變的定律。愛情令人沉醉，癡情的思念，盡力的討好，只是單純的因為愛她。

〈漢廣〉

南有喬木，不可休思。漢有游女，不可求思。
漢之廣矣，不可泳思。江之永矣，不可方思。
翹翹錯薪，言刈其楚。之子于歸，言秣其馬。
漢之廣矣，不可泳思。江之永矣，不可方思。
翹翹錯薪，言刈其蔞。之子于歸，言秣其駒。
漢之廣矣，不可泳思。江之永矣，不可方思。

這首詩是以男子的角度來寫成，主要表達愛慕游女卻又不可得，充滿著無奈與感慨。用「喬木不可休」和「江漢不可渡」等事物象徵游女的不可得，在每章末尾都疊詠「漢之廣矣，不可泳思。江之永矣，不可方思」更將欲追求卻不可得的心情表達出來。對著滔滔江漢之水，這個癡漢唱出他愛幕對方，卻不被接受的心情，歌聲哀傷，迴盪江岸，流水像他逝去的愛情。

〈溱洧〉

溱與洧，方渙渙兮。士與女，方秉蕑兮。女曰：「觀乎？」士曰：「既且。」「且往觀乎！洧之外，洵訏且樂。」維士與女，伊其相謔，贈之以芍藥。
溱與洧，瀏其清矣。士與女，殷其盈矣。女曰：「觀乎？」士曰：「既且。」「且往觀乎！洧之外，洵訏且樂。」維士與女，伊其相謔，贈之以勺藥。

這首詩寫節日與愛情，詩人剪取鄭國三月三日上巳日，溱洧兩條主要河流修褉活動熱鬧場景，青年男女走在路上相邀一同前往參觀，男男女女手上都拿著蘭花，一路有說有笑，愛情悄悄發生了，臨別時他們依依不捨，相贈芍藥花以續後約。

以戀愛和婚姻為題材的詩作在《詩經》中佔很大比重，或寫單戀相思之苦澀，或抒幽期密約之盼望，或訴追求思慕之無奈，或樂出遊歡聚之甜美。情人都渴望相會，當相聚在一起時，是歡樂、幸福的，但在分手離別時，則又是如此悵然神傷。〈王風．采葛〉：「一日不見，如三月兮！」貼切寫出別後一天不見有如三月之久，心理感受的強烈，憂思得難以排遣。

《詩經》時代，男女青年的愛情開展並不是那麼自由，戀愛和婚姻，往往受到禮教的束縛和干預。正因如此，也看到詩篇中有些作品反抗這樣的壓抑，以追求個人情感的自由解放，讓我們看到當時年輕男女對愛情的嚮往，其實和今日並無不同。

作者小傳

紀孟妤，就讀東海大學中文系四年級，平時喜愛看小說和寫現代詩，偶然接觸了《詩經》，發現裡面有很多和現實生活相關的題材，諸如：愛情、友情、親情……等，讓我對它更感興趣，本文探討古今愛情觀並無不同。

向你邁開步伐

〈蒹葭〉

林亭育

蒹葭蒼蒼，白露為霜。所謂伊人，在水一方。
遡洄從之，道阻且長；遡游從之，宛在水中央。
蒹葭淒淒，白露未晞。所謂伊人，在水之湄。
遡洄從之，道阻且躋；遡游從之，宛在水中坻。
蒹葭采采，白露未已。所謂伊人，在水之涘。
遡洄從之，道阻且右；遡游從之，宛在水中沚。

〈蒹葭〉一詩，以秋水旁茂盛的蘆荻起興，敘述伊人之思。而多年以來，此詩係為情詩，或為求賢之詩，說法並不統一，曖昧不明，一如詩境中作者與伊人的關係。直到現在，我們仍不能確認伊人究竟是誰，是賢才？明主？同性友人？異性情人？然而就算如此，我們仍能從中看出詩人對伊人的強烈渴望。逆游而上，順流而下，險阻的水路，遙不可及的沙洲，上窮碧落下黃泉，詩人無怨無悔，不畏艱難險阻要去尋找伊人，那種執著真誠，動人不已。

全詩分三章，形式複沓迴旋，加深的是伊人所處之遠，還有詩人對於伊人的渴望相見，〈蒹葭〉是秦風之詩，表面上浪漫、溫婉而朦朧，絲毫不見秦地的粗獷豪放，骨子裡卻是剛強與不屈不撓，有著屬於秦人的果敢與堅強。不如〈子衿〉那只在原地遠眺、徘徊的被動，也不是〈漢廣〉那平行無果、苦澀無奈的思念，〈蒹葭〉顯露出的，是難以想像的積極，詩人並沒有嘆息，也見不到他有所退縮，相信他只是固執地挑戰、挑戰、再挑戰，難以求之不代表不得求之，目標是那麼明顯，為何不求？

蒼蒼、淒淒、采采，那是白霜也無法凍結的巨大能量，傅斯年《詩經講義》道〈蒹葭〉為「相愛者之詞」，我完全同意。若非發自內心虔誠的愛，詩人哪來那麼大的動力向難以突破的現實挑戰呢？所謂伊人，在水一方，即使這樣也無所謂——你過不來的話，就由我向你所在的地方邁開步伐！我彷彿能見到詩人朝著遙遠岸邊那個朦朧卻又清晰的人影，用盡全力吶喊著——等著我過來找你。清晨的薄霜、露水終會隨著日出而消融蒸散，相信那個不斷挑戰的詩人，也會得到比露珠耀眼千萬倍的回報。

作者小傳

林亭育，土生土長臺中人，就讀東海大學中文系四年級。喜歡一切的風花雪月，一個不小心，就把經典讀成了纏綿。

《詩經》中的愛情悲歌

吳文意

自古以來，文學裡談到愛情的作品，可以用氾濫兩字來形容。而在愛情這主題之中，寄寓內心悲苦、講男女情愛的苦澀又佔了大多數，這樣一類的情緒在文學的源頭《詩經》中，也有不少的數目。且《詩經》又是傳唱三千多年的民歌，所以我單獨把這類抒發愛情愁苦的詩歌，稱作悲歌。

男女情愛之中的苦，我粗略的分作三個等級，依序由低到高分別是憂愁、哀傷、至苦。簡單來說，憂愁，在愛情中，就是渾渾噩噩、迷迷茫茫，癡醉在愛情的泥沼中，茶不思、飯不想的樣子，如〈鄭風．狡童〉：

彼狡童兮，不與我言兮。維子之故，使我不能餐兮。
彼狡童兮，不與我食兮。維子之故，使我不能息兮。

〈狡童〉一詩顯現出雙方的關係很親暱，或許是因為吵架，亦或某些原因，陷入冷戰而不講話，但能感覺出他們的情感還是溫熱的。這種兩邊依然有情，卻因為某些因素，讓他們有了距離，而我所說的距離，包含著心與心的距離，與真實的相隔兩地，比如說〈周南．卷耳〉：

采采卷耳，不盈頃筐。嗟我懷人，寘彼周行。
陟彼崔嵬，我馬虺隤。我姑酌彼金罍，維以不永懷。
陟彼高岡，我馬玄黃。我姑酌彼兕觥，維以不永傷。
陟彼砠矣，我馬瘏矣。我僕痡矣，云何吁矣！

此篇較為特別的是有兩種讀法，一種是四章都在寫思婦遙想丈夫，摘採卷耳這樣的生計之事，也渾渾噩噩地不想做。在遠方的你啊！馬兒、僕人會不會都病了累了，是如此擔心。而另一種讀法，是以征夫的角度來寫，第一章以一種示現的預想，是我很想念妳，卻說成是妳在思念我。後三章再說征夫路途的艱苦，讓他也很思念遠方的伊人。

以上兩種的悲歌，只能算在最低級別的憂愁層次，苦在於距離，但因為雙方皆有情，所以仍有再次重逢的希望，縱使這樣的希望使人迷茫憂愁，但也因為還有一絲可能，才能比之後兩種層次的苦更為減輕一些。

第二種層次，哀傷。哀，痛也。傷，創也。我認為會有這樣的傷痛，唯有死別。死亡是人必須面臨的終點，對於相愛的兩個人來說，另一半竟然永恆的離去，這種打擊我認為是無法用文字語言來形容，只有當事者才能明白的創痛，恐怕會失魂落魄吧？「茶不思、飯不想」會晉升到另外一個層次，食而無味、味同嚼蠟。因為不吃飯是想等另一半一同享用，當再也等不到愛人的時候，因為與愛人臨終時的承諾，要好好照顧自己，勉強吃下的飯菜，卻是沒有任何滋味了。夜夜被一股〈毒氣〉所侵擾。

〈毒氣〉

當沉淪的夜降臨
空氣裡突然瀰漫
一種氣體
刺激著　所有感官
神經傳遞快了千倍

衝擊著　可思考的
米粒般的區塊　超負荷
釋放著巨量的
裡應外合後
炸裂
名為思念

這首新詩，是我閱讀了這些《詩經》篇章心情的闡發。毒氣就是指思念，因為思念，讓腦海中都充斥著與愛人的種種，一幕接著一幕，席捲著感官知能，再也無法思考，而沉淪在思念的幻海中。但自己又能怎麼樣呢？終於，愛人變成了一座小土丘，而她唱出了〈唐風．葛生〉：

葛生蒙楚，蘞蔓于野。予美亡此，誰與？獨處！
葛生蒙棘，蘞蔓于域。予美亡此，誰與？獨息！
角枕粲兮，錦衾爛兮。予美亡此，誰與？獨旦！
夏之日，冬之夜。百歲之後，歸于其居！

冬之夜，夏之日。百歲之後，歸于其室！

「葛」、「蘞」都是爬藤類的植物，以興的聯想，反襯自己無木攀附的孤獨，前三章採複沓的形式，說丈夫一人孤單的葬在此，無人陪伴，銜接第四章的開頭「夏之日，冬之夜」，在第五章時卻倒了過來，此處蘊含著時光流逝，「百歲之後，歸于其居！」說明她希望時間過快一點，希望能早日與丈夫在九泉下相見，如此深的情感，造就了這等的哀傷啊！命運使他們分隔陰陽界，人無法擺脫命運無情的束縛。

緣分究竟是因？還是果呢？這情愛中的苦最深的一個層次，是至苦。

在愛情裡到底有什麼苦可以超越死別的哀傷呢？我認為愛情裡的「癡」是最苦的，尤其是這份癡放在了一個毫無緣分的人身上，這就是〈周南．漢廣〉

南有喬木，不可休思。漢有游女，不可求思。
漢之廣矣，不可泳思。江之永矣，不可方思。
翹翹錯薪，言刈其楚。之子于歸，言秣其馬。
漢之廣矣，不可泳思。江之永矣，不可方思。

翹翹錯薪，言刈其蔞。之子于歸，言秣其駒。
漢之廣矣，不可泳思。江之永矣，不可方思。

在愛情裡他把自己無比的卑微化，以喬木因枝葉稀，無法遮蔭休息，這是常識，藉此比喻漢水游女，不可以被追求。就一般人的認知是風馬牛不相及，但對他來說是天經地義的事。他愛她，卻因為自卑而認為自己配不上她，也許他只是那戶人家的佣人，而她卻是主人的掌上明珠，所以讓喬木不可休思，與游女不可方思畫上了等號。

元好問〈雁丘詞〉中膾炙人口的名句：「問世間情為何物？直教人生死相許。」就算給任何一個絕頂聰明之人再久的時間琢磨，也不會有完美的答案。他對她的用情是如此之深，連生死都可以棄之不顧，在他的認知中，游女要出嫁了，那就由我來砍材準備結婚火把，再幫忙餵餵馬，盡自己一分棉薄之力。

他是一個人，不是機器人，更不是聖人，他當然會心痛，心會悶在那兒搖搖欲墜，只是那個「癡」讓他本能地做完了那些事，還傻傻地安撫自己那殘碎不堪的心，因為就像漢水太寬太長了，不可游泳過去啊！他親手把自己的摯愛獻給了別人，我們只能寄予無限的酸楚，那〈雁丘詞〉之中的一句：「就中更有痴兒女。」

更是這個人的寫照。

緣分是什麼呢？相遇的兩個人就是緣分，而兩個人相處時的產生因果，造就了兩個人的交往。而他寄情在與他無因無果的游女上，那份悲苦就是至苦了。

作者小傳

吳文意，東海大學中文系三年級學生，生長於高雄市小港區，有一些希奇古怪的想法。很高興有機會修習珍玉老師所教授的「詩經」課，收穫良多。

暗戀的滋味

林宴萱

〈蒹葭〉

蒹葭蒼蒼，白露為霜。所謂伊人，在水一方。
遡洄從之，道阻且長；遡游從之，宛在水中央。
蒹葭淒淒，白露未晞。所謂伊人，在水之湄。
遡洄從之，道阻且躋；遡游從之，宛在水中坻。
蒹葭采采，白露未已。所謂伊人，在水之涘。
遡洄從之，道阻且右；遡游從之，宛在水中沚。

這首詩的內容，歷來意見分歧，但姑且將它視為一首愛情詩來解讀。可以窺見詩人思慕愛人，可望而不可即，陷入煩惱、惆悵的內心狀態。

首先蒹葭起興，再言早晨露水結成霜的景色，以暮秋特有的景致營造一種孤寂悲涼的氛圍，接著轉入主題，內心深情呼喊著那「在水一方」的「伊人」，但卻沒有直接清楚點明這「伊人」的形象，性別容貌等等，反為她披上一層神秘、朦朧的面紗，似見非見，時隱時現、撲朔迷離。人物的虛化對比景物的實實在在，創造了一種似真似假的意境。

詩中不難看見作者的巧思，從「白露為霜」到「白露未晞」再至「白露未已」。時間上的延續，往覆推進，詩人的惆悵也就漸增、相思也更加濃烈。秋色渲染詩人悵然若失的情緒，渾然一體，寓情於景，情景交融。

詩中也使用許多意象來呈現，如「宛在水中央」的「宛」凸顯了伊人身影隱約縹緲，彷彿隨時都會消失不見，或者可以說是詩人癡迷心境下投射出的幻影。「水」，「柔情似水」，體現了女子身段優柔之美，薄薄的水霧織成了她的裙裳，更是畫龍點睛。

再則，配合《詩經》中常見手法——重章複沓，不僅使各章內部韻律和諧，亦使章與章之間的節奏參差。在這裡更用以表達懸念的迭起，如不惜反覆進行描繪「遡洄」「遡游」之險，烘托出追尋的艱難和渺茫，和內心反覆的折騰。

《蒹葭》是《詩經》中我最喜歡的詩篇，它完整的描述一個暗戀者內心激動處，但卻無人可訴的落寞身影，深深引起我的共鳴。對於每段青春裡都會有的暗戀、單戀，讓我對〈蒹葭〉這首詩有不一樣的見解。如使兩人相隔的「水」，我認為不單指外在的阻撓，也是想表達暗戀者在面對心上人時內心產生的一些微妙作用，想要接近卻又膽怯害怕，暗想著偷偷地喜歡一個人，或許可以在這樣的狀態中滿足自己一點點的想像，「距離產生美感」也就是這個意思吧！

這樣的暗戀又能持續多久呢？明明知道內心會受盡折磨，卻又義無反顧地陷入。愛情就像穿越一座迷宮，或許我們一開始會有所遲疑，但一旦踏入了就難以再抽身，也許這般的執著只是因為從沒得到。這讓我聯想到一首歌：

〈噓〉　蛋堡、徐佳瑩

他是你最喜歡的類型
但你　只能看著他的背影
隔著很遠半徑　圍繞像衛星
當他突然轉身　你卻沒法對應
偶爾問候的短信　或許沒別的意思
心裡的止水　又被投了顆大石

這是秘密　我的心被困在你的身邊
像個間諜　暗中收集你的每個畫面
你的世界　留給我太多想像空間
多想對號入座　走進你的狀態裡面

follow他網誌　近況和往事
卻脫節到像從沒認識般諷刺
你們是漸行漸遠的兩條線
你總回想　那何時曾是交叉點？

只是幻想在煽動
這部電影　從來沒有人看懂
你的激動處　只有自己在顫抖

我覺得最後一句寫出了所有暗戀者的心聲，所謂的暗戀就是一個人的事，我們不需要觀眾，我們只是在享受那一種苦苦澀澀的滋味。

作者小傳

林宴萱，一九九四年生，臺灣臺中人。就讀東海大學中文系三年級。喜愛繪畫、自由、獨處，對於古典與現代的題材結合具濃烈興趣。

《詩經》愛情詩與現代愛情書寫

陳怡汝

愛情，讓世人為之著迷，又愛又恨，熱戀的時候讓人感覺置身天堂，不愛的時候讓人彷彿置身地獄。愛情是這麼樣的矛盾，可是人人都願意為它奮不顧身，哪怕已經知道結果會傷痕累累，依然選擇勇敢去愛一次，去感受一次愛情的美好，去擁有一段轟轟烈烈的戀愛，不管是酸甜苦辣，都是愛情具有的因素，若少了其中一樣，可能就不是「十全十美」的愛情。

元好問說：「問世間，情為何物？直教生死相許。」

香港歌手莫文蔚的歌曲「愛情」唱到：

愛是折磨人的東西　卻又捨不得這樣放棄
不停揣測你的心裡　可有我姓名
愛是我唯一的秘密　讓人心碎卻又著迷

無論是用什麼言語　只會思念你

不管是古代或現代，人們對於愛情的感受都是一樣的，現在，我們來看看更久遠以前的《詩經》，又是如何闡述他們對於愛情的感覺。《詩經》中有四分之一是在寫愛情婚姻方面，而《詩經》擅長使用直白手法道出愛情的美好和失落，看上去就像現代的愛情藝術，「自由奔放」，不完全是保守的傳統思想，讓人大開眼界。所以《詩經》也適合給現代男男女女看，甚至還可以給些建議，可當作一本愛情寶典。以下分為三個主題，道出《詩經》中愛情的酸甜苦辣。

一　勇敢追愛——〈召南．摽有梅〉

摽有梅，其實七兮。求我庶士，迨其吉兮。
摽有梅，其實三兮。求我庶士，迨其今兮。
摽有梅，頃筐塈之。求我庶士，迨其謂之。

此篇運用《詩經》很常出現的複沓手法，共三章，如此一來可以加強一位已經過了適婚年齡女子急迫的心情，不願意當剩女，看著樹上的梅子一天天掉落，自己的心情也焦慮起來，因此發出心聲，希望可以趕快出現要追求她的人。在古代可以這麼大膽呼喚愛情，實在不容易。以下附上歌手梁靜茹的〈沒有如果〉來對應古今女子的大膽求愛。

如果我說　愛我沒有如果
真的愛我就放手一搏
還想什麼　還怕什麼
快牽起我的手

〈摽有梅〉和〈沒有如果〉都說出女子希望追求者可以盡快來，而女子也毫無保留地勇敢呼喚愛情。

二　求愛不得——〈秦風．蒹葭〉

蒹葭蒼蒼，白露為霜。所謂伊人，在水一方。

遡洄從之，道阻且長；遡游從之，宛在水中央。
蒹葭淒淒，白露未晞。所謂伊人，在水之湄。
遡洄從之，道阻且躋；遡游從之，宛在水中坻。
蒹葭采采，白露未已。所謂伊人，在水之涘。
遡洄從之，道阻且右；遡游從之，宛在水中沚。

此詩是三章複沓，主旨是說辛苦地尋求伊人，結果卻是可望而不可即，這種尋人結果卻依舊得不到心上人，我選了五月天的〈倉頡〉：

多遙遠　多糾結　多想念　多無法描寫　疼痛　和瘋癲　你都看不見
想穿越　想飛天　想變成　造字的倉頡　寫出　能讓你快回來　的詩篇
需要你　需要你　需要你　想逆轉時間　回到　最開始　有你的世界
想穿越　想飛天　想變成　造字的倉頡　寫出　讓宇宙能重來　的詩篇

〈蒹葭〉和〈倉頡〉，都一樣描寫思念一個人，可是最終卻沒有結果，中間是有那麼多阻礙，只能以苦苦的思念，來盼望伊人。而〈倉頡〉這首歌也運用了《詩經》

的複沓手法，甚至連用三個「需要你」以加強語氣來達到強烈的思念，這點和《詩經》有異曲同工之妙。

三　相思病——〈鄭風・東門之墠〉

東門之墠，茹藘在阪。其室則邇，其人甚遠。
東門之栗，有踐家室。豈不爾思？子不我即。

此詩是二章複沓，主旨是互有意思的男女，正在上演兩地相思，同樣情愁的戲碼，兩人互相思念，同時也在等誰要主動出擊呢！這種忐忑不安的心情，相信有談過戀愛的人都能明白！以下我選擇張震嶽的〈思念是一種病〉，我想歌名就直接道出思念究竟是什麼感覺了！

試著忍住眼淚　還是躲不開應該有的情緒
我不會奢求世界停止轉動　我知道逃避一點都沒有用
只是這段時間裡　尤其在夜裡　還是會想起難忘的事情

我想我的思念是一種病　久久不能痊癒

〈東門之墠〉和〈思念是一種病〉主要描述「思念」，相思病要是發作，那真的很痛苦，尤其是在剛與心上人分別時刻，一瞬間眼淚都湧上來，只怕是分開之後的依依不捨襲來呀！相信有戀人的人都心有戚戚焉！

透過以上流行歌曲的例子，希望現代讀者能了解《詩經》中表達的情感，拉近和《詩經》的時空距離，因為愛情不管過了幾百年、幾千年，那箇中滋味，是永恆不變的。愛情就像月亮有陰晴圓缺，它絕對不是百分百的美好，而是有著各種不一樣的感覺；愛情也像毒品，一旦人們碰上了，便會立刻上癮，而且很難再戒掉了！正因為這樣，才稱得上是「愛情」。

作者小傳

陳怡汝，來自嘉義市，就讀東海大學中文系三年級，喜歡中國古典文學。休閒活動是當背包客四處旅行，最喜歡看大海。

我愛的人不愛我

陳芊穎

〈周南．漢廣〉

南有喬木，不可休思。漢有游女，不可求思。
漢之廣矣，不可泳思；江之永矣，不可方思。
翹翹錯薪，言刈其楚；之子于歸，言秣其馬。
漢之廣矣，不可泳思；江之永矣，不可方思。
翹翹錯薪，言刈其蔞；之子于歸，言秣其駒。
漢之廣矣，不可泳思；江之永矣，不可方思。

這是一首戀情詩。抒情主人翁是位青年樵夫。他鍾情一位美麗的姑娘，卻始終難遂心願。情思纏繞，無以解脫，面對浩渺的江水，他唱出了這首動人的詩歌，傾吐了滿懷惆悵的愁緒。〈漢廣〉是一首單相思的哀歌，傾吐了滿懷愁緒。是描寫男追女的故事，由於男子地位比較低下，最後追求失敗！詩中並無一字提及女子的容顏長相，連舉止言行也無，對她的描述寬泛地如氤氳的霧氣。從一開始，她就只存在於詩人的吟唱回憶中，成為控制他的精神圖騰——遙不可及，高高在上。江南女子的惱人心處，由此可見，一如這詩中亦遠亦近叫人看得著，摸不著的態度。

〈漢廣〉較具體寫實，有具體的人物形象：樵夫與游女；有細膩的情感歷程：希望、失望到幻想、幻滅；就連「之子于歸」的主觀幻境和「漢廣江永」的自然景物的描寫都是具體的。

而從情感表現看，前後部分緊密相聯，細膩地傳達了抒情主人翁由希望到失望、由幻想到幻滅。詩篇從失望和無望寫起，首章八句，四曰「不可」，把追求的無望表達得淋漓盡致，不可逆轉。

雖說美麗的姑娘不愛他，但主人翁卻無怨無悔，世間上有多少癡情男女，一心一意只為一人，縱使那人眼裡只有別人。甚至因為愛不到而毀了他，像本篇如此深情的男人，實在難能可貴。宛若現代版的李大仁默默付出，卻又不要求回報。曾經在書上看到這麼一句話：「放手，才能真正得到幸福。」或許說的就是愛不一定要擁有，默默的付出什麼，只要是心甘情願地都是美好的，詩人用純樸的文字，寫出樵夫淡淡的憂傷卻又灑脫。這樣的意境就好像陳小春的這首歌：

〈我愛的人〉

我知道故事不會太曲折　我總會遇見一個什麼人
陪我過沒有了她的人生　成家立業之類的等等

她做了她覺得對的選擇　我只好祝福她真的對了
愛不到我最想要愛的人　誰還能要我怎樣呢

我愛的人　不是我的愛人
她心裡每一寸　都屬於另一個人

將愛不到的愁苦，都表現在「我愛的人，不是我的愛人」這句，追求不到自己所愛之人，雖說不甘心，但也只能祝福對方過得快樂。世上令人遺憾的事，在於此等不對等之愛情。

作者小傳

陳芊穎，目前就讀東海大學中文系三年級，因為很喜歡「我愛的人」這首歌，所以有了寫作動機。

因爲愛情

吳昱璇

"Because if love means forever, expecting nothing returned. Then I hope I'll be given another whole life to learn."

意思是「如果『愛情』兩字，意味著流水般付出，不問回報直到永遠，那麼……可不可以容我來生再學？」當我在某本書中看到這句話時，一開始只是覺得是很華美的句子，就隨手抄寫於記事本中，但當我又再度翻閱看見這句話時，覺得它不僅是很美的句子，更是具意義的句子。意味著愛情的深奧，在愛中要學習的是無窮無盡的，愛有著各種不一樣的層面，包含著呼喚愛情、甜蜜熱戀、相思的煩惱、被棄之人的沉痛、愛情遭致生變、專注唯一的愛，而且愛情不是兩三天就能學好的，是耗盡一生也不一定能學好的事情，更甚至需要再花費來世學習。

　　而在《詩經》中，有各式各樣的主題，但談「情」的主題，是《詩經》中的大宗，有親人之間的情感、君臣之間的情感……諸如此類，其中也出現關於愛情的作品，而關於愛情的作品也佔了多數，由此可見得愛情在當時也是相當重要的議題，才會有如此多的作品被保留得如此完好，更顯示了愛情是從以前到現在都是眾所矚目的生活焦點。

如同〈鄭風．東門之墠〉：

東門之墠，茹藘在阪。其室則邇，其人甚遠。
東門之栗，有踐家室，豈不爾思？子不我即。

此詩篇的意思為，城東門外的地方整潔，在山坡上長著茹藘。望著心愛的人家啊！她竟然離我那麼遠。城東門外的栗子樹旁邊，有排列整齊的房舍。難道我不想你嗎？是你不過來吧！此篇看似簡單，但卻有很特殊的寫法，作者以兩個空間，但同種心境來描寫整首詩，有種拼接、剪接的手法顯示出兩地相思，卻有相同情愁。

這篇也讓我立刻想到在當今流行歌曲裡的情歌男女對唱，而我以伍佰和萬芳的〈愛情限時批〉來和《詩經》此篇對照，此首歌曲是由伍佰作詞、作曲，歌詞如下：

要安怎對你說出心內話，想了歸暝，恰想嘛歹勢。

看到你我就完全未說話，只好頭犁犁。

要安怎對妳說出心內話，說我每日恰想嘛妳一個。

心情親像春天的風在吹，只好寫著一張愛情的限時批。

這首歌讓我立刻聯想到男女對唱以及兩人膽怯又害羞的心情，有種欲言又止，心裡想往前、腳步卻往後的那種感覺。

因為詩篇是先以男生敘述，再以女生來敘述，就彷彿現在的男女情歌對唱，一人先唱、一人再和的那種感覺，「室邇人遠」這個成語也是來自於此詩，明明她家就在眼前，人卻如同天邊那樣的遠，就只差那一步，然而此詩又說兩人對彼此其實都有那份心意，只是都不敢踏出那一步——男子去敲對方的房門，或者女子走出房內的門，如果其中一人主動追求，兩人說不定有可能繼續下去，兩人都因膽怯而不敢往前，就可能失去了原本該有的緣分，就如同歌曲裡面也是兩人都對彼此有特別的感覺，但卻因為害羞而退縮。

而在愛情中的極致，就是愛到沒有對方就活不下去，可能違反中國的「身體髮膚，受之父母。」但愛情的偉大就是能讓對方失去理智，甚至願意犧牲性命。

在《詩經》中也有類似這種失了理智的愛，如〈鄭風．狡童〉中：

彼狡童兮，不與我言兮。維子之故，使我不能餐兮。
彼狡童兮，不與我食兮。維子之故，使我不能息兮。

此詩意思為：那個小滑頭啊！不來跟我說話。就是因為你的緣故，才讓我吃不下飯。那個小滑頭啊！不來跟我吃飯。就是因為你的緣故，才讓我無法呼吸。全詩以兩章複沓的手法來描寫，而詩中寫道「狡童」一詞，其實是一種親暱的稱呼，就像在叫自己親愛為「小壞蛋」之類的這種反語用法，但不知道為何，卻導致兩人不說話，使得另一方吃不下飯又無法呼吸。

這就好像失戀的其中一方，沒有另一方就會活不下去。我覺得這是一種偉大的愛情節操，但又覺得這種想法太愚昧，因為「天涯何處無芳草，何必單戀一枝花？」。

而這首歌也能呼應Nicolas Cage主演的電影〈空中監獄〉的主題曲〈How Do I Live〉，而歌詞如下：

How do I get through one night without you
If I had to live without you
What kind of life would that be
Oh and I, I need you in my arms
Need you to hold
You're my world, my heart, my soul
If you ever leave
Baby, you would take away everything good in my life.

我該如何度過沒有你的夜晚
如果我必須沒有你活下去
那會是什麼樣的人生
我需要你在我懷裡
需要你的擁抱
你是我的世界、我的心、我的靈魂
如果你要離開

寶貝，你將會帶走我生命中最美好的所有

Without you, there'd be no sun in my sky
There would be no love in my life
There would be no world left for me
and I, baby I don't know what I would do
I'd be lost if I lost you
If you ever leave
Baby, you'd take away everything real in my life.
沒有了你，就像天空少了太陽
我的生命中也沒有了愛情
我的生命也將一無所有
寶貝，我不知道我該怎麼做
失去你，我會迷失我自己
如果你離開
寶貝，你就帶走了我生命中最美好的所有

And tell me now
How do I live without you
I want to know
How do I breathe without you
If you ever go
How do I ever, ever survive,
How do I, how do I
Oh, how do I live?

現在告訴我
沒有了你，我怎麼活下去
我想知道
沒有了你，我怎麼呼吸
如果你走
我怎麼活得下去
我怎能、怎能活得下去

這首歌有一種對愛情很絕對的信仰，沒有了你，我還能怎樣活下去的那種強烈的想法，就如同〈鄭風．狡童〉，雖然我覺得為了一個人犧牲性命是愚昧的，但或許有些人就是抱持著不一樣的角度，那種奮不顧身、飛蛾撲火的衝動，或許對他們而言，才是愛情啊！

現代人對愛情的奮不顧身和古代人並無不同，雖處在不同時空，卻擁有相同的情愁，刻骨銘心，始終如一不變，「愛情」將永遠是人們難解的習題，因為有她，讓我們看到情感的專一純粹，點燃生命中最美好的動力。

作者小傳

吳昱璇，雲林人，就讀東海中文系三年級。「我們擁有的都是僥倖，失去的都是人生」。

如花美眷，似水流年

情為何物

張雅綺

《詩經》為三千年前的詩歌總集，記載著千年前的愛恨情仇。「愛情」跨越了世紀，超越了時代。自文學誕生之初，至今已更迭了數十個世紀。悠悠千年，誰能躲過愛情反覆無常的情感糾結，「愛情」為人們生命中不可或缺的要素，此種情懷在文學中不斷地被詠嘆、歌頌。愛情為人類靈魂根本之所在，文學則為人類對愛情抒發的方式，而《詩經》中對於愛情的躊躇、喜悅、激情、悲憐，穿越千年的長流，依然悠悠吟唱，綿延不絕。

「如花美眷，似水流年。」青春如花般，花開則嬌豔綻放，花落則如流水，當花落隨水流去，去的方向是通往清澈之潭，還是汙臭之溝，皆憑運氣，而愛情不也正是如此嗎？我們如同花開之時，恣意綻放尋求愛情，也如同花落落入流水之時，情歸某方，結局是幸福美滿還是悲傷自憐，皆不可得知。《詩經》中的愛情婚戀詩篇，為我們展示了愛情的花開花落。

一　暗戀——〈周南．漢廣〉

南有喬木，不可休思；漢有游女，不可求思。
漢之廣矣，不可泳思；江之永矣，不可方思。
翹翹錯薪，言刈其楚；之子于歸，言秣其馬。
漢之廣矣，不可泳思；江之永矣，不可方思。
翹翹錯薪，言刈其蔞；之子于歸，言秣其駒。
漢之廣矣，不可泳思；江之永矣，不可方思。

一位青年對出遊的女子萌發愛慕之情，而對方卻完全不知情，他陷入單相思的苦澀情境之中。〈漢廣〉這首詩惆悵地唱出他愛慕對方，卻追求不到的失落悵然。

詩的開頭先以「距離」拉出了兩人之間的遙不可及。隔著廣闊的漢水，南方那高大的喬木，但卻不可以在樹下休息，因為可望不可即。正如同漢水岸邊的游女，是我不可以追求的。因為漢水的廣闊，讓我無法游過，也因為水勢的湍急，讓我無法渡過。這裡的青年隔著的不只是漢水的距離，更是他與游女之間的最遙遠的距離。詩中三次反覆吟詠著「漢之廣矣，不可泳思，江之永矣，不可方思。」更加增添想愛，卻無法親近的情懷，悠悠江水，帶著他不被接受的愛流逝。

二　曖昧——〈邶風．靜女〉

靜女其姝，俟我於城隅；愛而不見，搔首踟躕。
靜女其孌，貽我彤管；彤管有煒，說懌女美。
自牧歸荑，洵美且異；匪女之為美，美人之貽！

正當愛意萌芽，雙方的愛戀屬於既期待又怕受傷害的曖昧階段，〈靜女〉所描寫的就是男女初次約會情景。

整首詩以青年男子的角度描寫，開頭寫少女和青年相約在城角，男子高高興興赴約，可是到了約定地點，竟然不見她，於是他抓耳搔腮，徘徊忐忑，難道她失約了？還是路上耽擱了？滿肚子的疑惑，最後這位調皮的女子總算觀察到那小伙子對自己的真心，就不再躲藏捉弄他了，她一出現，這男子才放下剛才那顆焦慮的心。兩人甜甜蜜蜜牽手到牧場逛逛，那個可愛少女順手摘了一枝紅荑草送給他，光潔潤澤的紅荑草，多討人喜歡啊！說實在的也不過是一枝植物的茅芽罷了，可是心愛的她送的就是意義不同。他愛不釋手的捧著那枝荑草，沉醉在戀愛的幸福之中。

三　邂逅——〈召南．野有死麕〉

野有死麕，白茅包之，有女懷春，吉士誘之。
林有樸樕，野有死鹿，白茅純束，有女如玉。
舒而脫脫兮，無感我帨兮，無使尨也吠。

《詩經》中寫男歡女愛的篇章並不少，但是這首〈野有死麕〉卻是罕見直白書寫男女偷情詩篇。

詩的前兩章採客觀視點，寫這對男女是「有女懷春，吉士誘之」，彼此情投意合，兩情相悅。拿鹿媒被白茅包藏起來，以引誘鹿群出來，就像吉士追求她經過誘引的過程。最後一章則是採女子主觀視點的寫法，她對於偷情這件事又驚又喜，要男子溫柔點、別撼動她的帨巾、驚動那隻多毛狗，一幅生動鮮明的畫面呈現眼前。

四 思念——〈鄭風．子衿〉

青青子衿，悠悠我心。縱我不往，子寧不嗣音？
青青子佩，悠悠我思。縱我不往，子寧不來？
挑兮達兮，在城闕兮。一日不見，如三月兮！

思念是愛情路上最矛盾的味道，它既讓人期待又讓人感到苦澀，而這首〈子衿〉正是描寫一位熱戀女子思念許久不見心上人的情懷。

詩的前兩章，以青青子衿代指所愛的男子，女子哀怨的向對方說：「我的心上人，你為何沒給我寄來音訊？我的心上人，你為何沒有回來見我？」最後一章她實在無法忍受這種相思之苦了，內心悠悠獨白說出：「想你想到斷腸，我爬上城樓，躑躅徘徊，希望能遠望你前來。一天沒見到你，就像三月之久啊！」

五 渴望——〈召南．摽有梅〉

摽有梅，其實七兮；求我庶士，迨其吉兮。

摽有梅，其實三兮；求我庶士，迨其今兮。
摽有梅，頃筐塈之；求我庶士，迨其謂之。

女子的青春如花，開得最豔麗之時，背後也預告著即將衰老。青春有限的懷春女子，渴望著愛情，而這首〈摽有梅〉正是以樹上梅子的多少來描寫女子的遲婚之憂。

整首詩三章疊章複沓，暮春時節，正是梅子成熟之時，然而對於詩中這位懷春女子而言，暮春也正是提醒著她，將要有遲婚之憂了。因此女子以梅子比喻自己，告訴了屋外的年輕男子們，我的果實還有七成，想要採摘的，就快點挑個良辰吉時來我家求婚吧！我的果實還有三成，想要採摘的，就快點於今天來提親吧！我的果實已經熟透，紛紛掉落樹下筐籃，想要拾取的，隨時都可以來求婚啊！用樹上梅子從七分、三分、到最後掉光，來隱喻女子青春流逝快速。這位高齡女子也開始焦急自己的婚事，從要求對方趁吉時、今天、直到只要對方開口說一聲。寫盡老姑娘深怕自己條件越來越差，急著嫁人的神情意態。

六　結婚——〈周南．桃夭〉

桃之夭夭，灼灼其華。之子于歸，宜其室家。
桃之夭夭，有蕡其實。之子于歸，宜其家室。
桃之夭夭，其葉蓁蓁。之子于歸，宜其家人。

落花總要隨流水歸向某方，而女子宛如花，花落水流，花落正是女子嫁入夫家，為人妻子。〈桃夭〉正是一首女子新婚的賀詩。

整首詩以桃樹之花，寫女子出嫁。桃花點明了季節，花開春之際，正是女子出嫁之時。整首詩以桃樹賀人新婚。首章寫桃花之鮮艷美麗，也是寫女子的新婚臉蛋如桃花般嬌豔。第二章則寫桃樹的果實多又肥美，是祝賀女子嫁入夫家後，早生貴子，如桃樹果實般肥滋滋的健康孩子。而最後一章則是寫果落桃葉繁茂，以指女子嫁入夫家會使夫家興盛，宛如桃葉般的繁盛，而宜其室家、宜其家室以及宜其家人，則是希望女子情歸夫家，能和諧歡樂、幸福美滿。這正是所有懷春女子所嚮往的美好結局。

作者小傳

張雅綺，臺中人。現為東海大學中文系四年級學生，這篇文章觀察《詩經》中從暗戀到結婚的男女情懷，這是亙古不變的過程。

祝福也是一種愛

沈玉婷

《詩經》篇篇離不開情，其中許多是描寫男女愛情之作，展現豐富的感情世界，而並不是所有愛情皆能修成正果，如同童話故事般，王子和公主從此過著幸福快樂的生活。《詩經》生動刻劃了這些無法修成正果的愛情，使我們彷彿穿越時空，感受詩人筆觸下，不同人物面對求之不得的愛情時的內心世界。他們的內心世界，如今讀來不但毫無隔閡，反而像極了二十世紀以來仍持續上演，發生於我們周圍的故事，我們驚覺《詩經》中的愛情描寫竟是那麼貼切，且如此熟悉，而面對求之不得的愛情，也許用祝福的心替代不甘心的心境，會擁有更多的快樂，因為放手，我們才得以再重握幸福，我們可說《詩經》亦是提供兩性情感教育的絕佳教材。

〈周南・漢廣〉

南有喬木，不可休思；漢有游女，不可求思。
漢之廣矣，不可泳思；江之永矣，不可方思。
翹翹錯薪，言刈其楚；之子于歸，言秣其馬。
漢之廣矣，不可泳思；江之永矣，不可方思。
翹翹錯薪，言刈其蔞；之子于歸，言秣其駒。
漢之廣矣，不可泳思；江之永矣，不可方思。

〈周南・漢廣〉先以南有喬木不可休和砍柴取長之自然物象起興，並用複沓之章法，反覆悲歎，加強抒情效果，悠悠說著在江漢另一頭有位我愛慕的女子，我深愛著她，她卻不愛我的故事，而我卻仍願為她準備結婚的火把，替他餵飽馬兒，充分的展現男子癡情的心。我們可於此一愛情詩中看見一個痴心男子，面對著滔滔江水，將這份求之不得的愛情所帶來的傷痛，傾瀉於江水之中，讓憂傷惆悵隨著流水緩緩逝去、走遠。詩人運用質樸之筆，卻深刻描寫出面對追求不到的愛情時，男子的失戀身影，雖有點淒然，卻也使我們因男子的深情款款而深受感動。愛情並不是自私與佔有，是心甘情願的付出，與真心誠意的希望自己所愛的人過得幸福快樂。

〈秦風．蒹葭〉

蒹葭蒼蒼，白露為霜。所謂伊人，在水一方。
遡洄從之，道阻且長。遡游從之，宛在水中央。
蒹葭萋萋，白露未晞。所謂伊人，在水之湄。
遡洄從之，道阻且躋。遡游從之，宛在水中坻。
蒹葭采采，白露未已。所謂伊人，在水之涘。
遡洄從之，道阻且右。遡游從之，宛在水中沚。

詩的開頭製造了一縹緲、迷離之景，全詩三章複沓，搭配聲音的回環反覆，深深加強了詩之抒情濃度，開頭兩句的狀物寫景更有託象明義的起情作用，其中的「蒼蒼」、「白露」點出秋季清晨之撲朔，並運用「在水一方」、「在水之湄」、「在水之涘」的三個不同層次之距離，使我們得知詩人和愛慕者之間的距離、阻隔，而詩人更巧妙地不直言追愛之艱辛，反運用「順流」、「逆流」、「道路險阻且遙遠」來說明求愛之困難，亦用伊人「宛在水中央」、「宛在水中坻」、「宛在水中沚」的間距，使我們了解於愛情中，有時感覺心中所愛者即在眼前，但對方卻不知自己的愛意之憂，感覺兩人之間隔著一道城牆，好不容易通過重重難關，更接近對方一些，仍總覺兩人間仍隔著一扇門般。也許尋覓愛情的過程艱苦，但卻也甘之如飴。仔細想想，有時愛情中最唯美、浪漫的亦是此過程，承受再多的苦，只要對方快樂，亦是值得，而想要幸福，你得先自己付出，真心誠意的祝福何嘗不是一種付出？這種祝福，受惠的，亦是真心誠意祝福的自己。

這首詩亦令人聯想韋禮安〈在你身邊〉：

每一天　每一夜　交錯的時空
每一分　每一秒　不安的等候
怎麼說　怎麼做　怎麼用盡我所有線索
讓你懂　讓你收到我的求救……
遠在天邊　近在眼前　伸出手就能把我拉出深淵
在你身邊　的每一天　我的愛不會再蜿蜒……

作者小傳

沈玉婷，就讀東海大學中文系三年級。有感於《詩經》愛情詩中豐沛的情感，〈漢廣〉、〈蒹葭〉跳脫描寫愛情的甜蜜喜悅、婚禮祝福，甚是特別，故作此文。

執子之手的浪漫情懷

陳佳均

〈邶風・擊鼓〉

擊鼓其鏜，踊躍用兵，土國城漕，我獨南行。
從孫子仲，平陳與宋，不我以歸，憂心有忡。
爰居爰處，爰喪其馬，于以求之，于林之下。
死生契闊，與子成說；執子之手，與子偕老。
于嗟闊兮！不我活兮！于嗟洵兮！不我信兮！

一首征役詩，吟詠著與妻子別離後心痛的情感。士兵必須到前線打仗，不同於其他人留在國內修城，不知道什麼時候才能回家？一句「我獨南行」，可看見他出征前的不甘與無奈。出征中「爰居爰處，爰喪其馬，于以求之，于林之下。」可看出他無心於戰事，猶如行屍走肉的參與這場戰爭，找不找得到馬匹，似乎並不重要，反而心心念念著遠方的妻子，想起和妻子訂下的誓言，似乎已經不能實現了……。

這首詩除了看到了士兵的厭戰和對妻子的動人情感，也出現了即使到現今還是會讓許多人心動的一段話，也就是士兵曾經對妻子許下的誓言——「執子之手，與子偕老。」牽著你的手，與你一起生活到老，看似平凡，卻是現在這個社會很多人都無法做到的事情，有些人往往走不下去便切斷了兩人的聯繫，感情還沒到老就提前結束了。不過這讓人不禁想問？為何是執子之手來代表這個誓言呢？

〈鄭風．遵大路〉提到：「遵大路兮，摻執子之手兮。無我魗兮，不寁好也！」明明同是執子的手，卻又是不同的場景和情況，這首詩說的是女子被拋棄想要追回男子時的心境，拉著男子的手，求男子不要走，並且希望男子可以一直留在身邊。都一樣是牽對方的手，是不是牽手對我們來說就是一個象徵，是不是對一對情侶來說就是一種認定為「在一起」的開始呢？

由〈邶風．擊鼓〉的「執子之手，與子偕老」來看，似乎從古代到現今，牽手好像就是代表著一段感情開始的象徵了，男子和女子牽起了手，彷彿就有了聯繫，就像被月老所繫起的紅線也因此纏繞在一起，體內的血液好像也因此互相流通，心靈更加互相被牽絆著，這也讓我想起了一首歌，就是謝和弦的〈牽心萬苦〉：

你說　牽手可是會把女生的心牽走
我毫不猶豫地緊握
我說　能不能夠　能不能夠　讓時間停留
在你還沒放手的時候

「牽手可是會把女生的心牽走」，在不確定彼此的情感之前，雙方只是相互關心的男女朋友，慢慢地發展成為戀人，依戀著對方，無時無刻不在揣想自己在對方心目中的份量，等到確定對方的心意後，牽住對方的手那刻的喜悅，這樣的愛情發展過程，如果把牽手物象化的話，似乎就是情人之間的「定情物」了吧！牽住對方的手，就像是對所有人宣告所有權，想大聲對其他人說：「他是我的！」

江蕙的〈家後〉：

你的手　我會甲你牽條條　因為我是你的家後

是不是就是〈邶風．擊鼓〉的「執子之手，與子偕老」的意思呢？另外，妻子的閩南語也叫「牽手」，牽著手彷彿成了連體嬰，彼此有了心電感應並且互相有了依賴，可見我們對於牽手的定義，比想像中的還要更深層！牽起了對方的手，表示我們已經在一起，誰也不能搶走他。

在《詩經》時就已經有「執子之手」的句子出現，到後來情人之間關係的確立是牽手，抑或是閩南語的「牽手」便是妻子，可見《詩經》用語到現在都還深深地影響著我們，也可以看出或許僅僅一句「執子之手，與子偕老」，便能讓我們體會到了豐富的《詩經》浪漫情懷，體悟詩中那種樸實卻又深刻的情感呢！

作者小傳

陳佳均，就讀東海大學中文系三年級，喜歡《詩經》裡簡單卻深刻的情感，尤其讀完〈邶風・擊鼓〉很有感觸，因而寫下這篇文章。

親恩如凱風

吳佳佩

有這麼一個故事。一個兒子帶著他年邁的父親到一家餐廳享用晚餐。父親滿頭白髮且看起來虛弱無力，正在進餐的時候，顫抖的手無法準確的把飯送入口中，飯粒掉滿了老人的襯衫和褲子。其他的客人對老人的舉動，感到反胃，紛紛帶著噁心的眼光投向這對父子。這時，兒子仍平靜的吃著自己的晚餐。

一小時後，這對父子吃完了晚餐，兒子輕輕的走向父親，扶起父親走向洗手間，整個過程沒有一絲的尷尬或不自在。兒子為父親拭去了身上的飯粒，再為父親整理頭髮，並戴好老花眼鏡。他們走出洗手間的時候，整個餐廳的人看著他們，餐廳不再像之前充滿著談話聲，而是充滿一片死寂。沒有人會想到，怎麼會有一個人，可以讓自己在公共場合這麼尷尬！兒子並不理會其他人，他付了錢，牽著父親的手，準備走出餐廳。

就在那一個時候，在餐廳用餐的其中一個老客人叫住了那個兒子，並問他：

「難道你不覺得你在這裡留下了什麼嗎?」那個兒子摸了摸自己的口袋說:「先生,並沒有。」老客人反駁說:「是的!你有留下了東西!你為餐廳裡在座的每一個兒子上了一堂寶貴的課,並且給在座的父親一個希望!」此時餐廳更陷入寂靜。

這則故事,讓我聯想到《詩經》裡,也有一首有關親子的詩歌,這首詩歌是〈邶風.凱風〉:

凱風自南,吹彼棘心。棘心夭夭,母氏劬勞。
凱風自南,吹彼棘薪。母氏甚善,我無令人。
爰有寒泉,在浚之下。有子七人,母氏勞苦。
睍睆黃鳥,載好其音。有子七人,莫慰母心。

這首詩的主題說法不一致,王靜芝《詩經通釋》說:「本詩七子自疚,非真不能孝其母也。惟以愈能孝母,故見母之勞而愈自疚,乃思更盡其孝道,以慰母心也。」我認為這個說法符合詩意,而且最為妥當合理。

詩首二章的前二句,以「凱風」吹棘心、棘薪,興起母親養育子女的辛勞。凱風是夏天的暖風,暖風滋養著大地的植物,從嫩壯的酸棗樹受到它的吹拂,終於長大成材。母親就像是溫暖的凱風一樣，而棘心長成棘薪，喻兒子的成長。從毫無自理能力的小孩，現在已經變成大人了，而這個成長過程中，暖風並無離開過。然而暖風培養酸棗樹的成長過程並不容易，就好比母親要撫養兒子一樣，一切都很辛苦！第二章後二句言母親明理有美德，反襯七子不成材，反躬以自責。詩傳達出孝子婉曲的心意，孝子是想報答養育之恩的，只是該拿什麼回報呢？

詩歌的後二章，用寒泉可以為浚邑帶來滋潤，黃鳥可以鳴叫悅耳的聲音讓人欣賞，反襯七子不能安慰母親的心。寒泉與黃鳥這些大自然景象與生物尚能為他人帶來利益與好處，那麼受南風撫養而成長的酸棗，豈能回報這暖暖的南風呢？子女如何能報答親恩呢？

故事中的老父親也曾經如同詩歌中的「凱風」一樣，為了撫養孩子長大，不惜劬勞。從我們呱呱墜地開始，父母給的是無微不至的照顧，就算是長大了，在他們的眼裡，我們依然如同詩歌中的棘心一樣，都是小孩子。詩中用酸棗受南風之恩，而酸棗無以報答的故事，襯托出子女如何能報答親恩。在我看來，只要我們能如同故事中的兒子一樣，在父母年老之時不嫌棄他們行動緩慢，不為他們的不能自理而感到丟臉，以照顧他們為最榮譽的事，其實這就是最簡單的回報不是嗎？

父母的愛與付出，是不要求回報的，就好比南風撫養棘心一樣，只要我們茁壯成長，其實就是給父母帶來了最大的安慰。現今社會有很多「子棄父母」的事件，不願意照顧父母，兄弟姊妹之間互相推卸責任。其實父母要的不多，只要我們能像他們以前照顧我們一樣照顧他們；愛他們就如同他們以前愛我們一樣，就能安慰他們的心了！

作者小傳

吳佳佩，現為東海大學中文系三年級學生，大三接觸了《詩經》。《詩經》富有很多與生活相關的故事，此篇文章有意將現實生活故事與《詩經》結合，表現出《詩經》仍能與現今產生共鳴。

《詩經》中的手足情深

羅漫

《詩經》流傳至今經久不衰，其中最為後人所津津樂道的，自然要數愛情詩。《詩經》中愛情的題材涉及廣泛，身分各異，且貼近民風，與《詩經》本身悠揚，節奏的韻律相互映襯，在反映當時人們日常生活方面大放異彩。實際上除開《詩經》中愛情的部分，對親情的描寫同樣是可圈可點。感情深度與人物性格的刻劃亦不遜色於愛情。

就《詩經》中的〈唐風．杕杜〉與〈小雅．常棣〉來說，前者與後者則是分別從正反兩面表現了古代人對於手足之情的重視。前者以赤棠樹起興，描寫樹葉繁茂而襯托出自己的形單影隻，即便有朋友的幫助也如同路人，只有不斷哀嘆：沒有兄弟之人，為何沒人來幫他？可見那時候的人出門在外，最親近的依舊是家人、兄弟，就算是再要好的朋友，也無法替代兄弟在心中的位置。而當兄弟因不和分離，一種悵然若失之感油然而生，悲傷與孤獨的背後正是長久以來兄弟對自己無微不至的關懷。想想今日，還有多少這樣的兄弟手足情？

因為自己出生在一個計畫生育的國家，從小就註定沒有兄弟姊妹，但因為同齡人都生活在同樣的環境裡，我並沒有覺得沒有兄弟姊妹會有什麼不同，直到來到臺灣，才發現搬宿舍或是學期末整理房間，這裡的孩子都有自己的兄姊或者弟妹來幫忙，大家圍繞在一起，房間總是很熱鬧。而我從小到大就被教育了只能靠自己一個人解決任何事情，並不會有依賴親人的想法，父母與自己的兄弟姊妹之間也有隔閡，幾家人不常來往，感情自然就慢慢淡了。甚至時間長了，還會被教導說，跟親戚家少來往，有些人會招惹麻煩，不要交流得好。言談間都帶著蔑視的語氣。好像說的那人不是自己的親兄弟、親姊妹一樣。

中國古代社會，是以小農經濟為基礎的農業社會，各家的生產力都靠自己的家人來充當，在這樣的環境下，家人的相互扶持，相互照顧就成了必然，家庭的羈絆也比現在要深得多。一同日出而作，日落而息，一個人的倒下，總會引來其他人的攙扶。這就是親人。到了戰亂時期，這種感情便更加深沉。長子出門打仗，而未成年的弟弟則會留下來照顧家人。《詩經》中常有戰亂別離之詩，實際上不光是寫男女戀人相別，兄弟間的分別同樣感人至深。這一去就不知道生死，彷彿一次家庭重任的交接，從長子到次子，是兄弟雙方對「家庭」的責任的認同，是作為家中男子自小便有的自覺。兄弟的別離，通常都是英雄惜英雄，一個先離去，另一個成長起來。

〈小雅．常棣〉則描寫了兄弟和諧相處的畫面，從在戰場上找尋兄弟的遺體，到有難必幫，就算家中吵得再厲害，面對外人也同心協力，結婚之後，夫妻和樂，兄弟感情如初，貫穿人生中多個重要的場合，依舊能看出兄弟感情的深厚。這篇相較於前一篇更具有勸導，教育的意義，以此來教導他人，重視兄弟和睦，既符合那時候宗法制的穩定與和諧，同時也為家族壯大、兄弟團結、社會安定做出了表率。

如今也不乏讚頌兄弟的文學藝術作品，兄弟的題材也成為很多歌手的歌曲主題。陳奕迅與劉德華合作的〈兄弟〉一曲，裡面有這樣的歌詞：

兄弟　一場從來不分你我　喔
手足　一雙從來不分右左
朋友　從來不用一份承諾
卻也依然真心為我

劉：就你一個

陳：就你一個

現在的「兄弟」更多指的是形同手足的朋友，感情深到願意以親人的身分互稱，並非是真正血緣上的親兄弟，但我想人們對於親情的重視依舊深藏於心，正因為如此，他們才願意把陌生人以放在親人的位置上為最高的榮耀。

作者小傳

羅漫，就讀東海中文系三年級，信奉精神至上主義。閱讀、寫作、哲學愛好者，遊戲狂人。

相思之苦

許正蓉

世間之苦，莫過於相思，不管古今中外都是一樣的。思念愛人、思念親人、思念故鄉，多少文人的千古傳唱是誕生於思念，我們能再三反覆吟詠這些句子，全都是因為我們也會思念，我們和古人一樣會思念愛慕的那個人、想念遠在一方血液最親近的那個人、叨念從小到大觸摸過的泥壤和鄉園。正因為我們也會思念，所以我們與古人產生了所謂的「共鳴」，共鳴久了，他的作品也就成了千古傳唱的佳話，因為他道出了我們的心聲。

看《詩經》中的情愛詩篇總讓我覺得特別過癮，賦比興的手法用得絕妙，讓我覺得古人想要愛戀的心境和現代是完全相同的。有純純的愛慕、有甜蜜的愛情、也有被拋棄的憤恨、和追求不得悲鳴，這和現代人們不正相同嗎？想到這裡就覺得古人特別可愛。雖然說古人總是活在比較多禮教的社會裡，不如我們現在來的開放，可是他們的想法跟我們差不到哪裡去，想來想去就是不自覺嘴角會上揚，總覺得我好像也跟他們產生了共鳴呢！看看國中時代讀過的〈鄭風．子衿〉總覺得感觸好像不同了。

〈鄭風．子衿〉

青青子衿，悠悠我心。縱我不往，子寧不嗣音？
青青子佩，悠悠我思。縱我不往，子寧不來？
挑兮達兮，在城闕兮。一日不見，如三月兮！

初上國中的時候，其實有點不懂那種感受，不管吟詠了多少次，就是不懂那個寫下這首詩的女孩為何要這麼焦慮，只覺得有點無病呻吟的感覺，那時沒有太多的感觸。長大了，雖然經驗也不是有多豐富，但是閱歷絕對比當時多了。不知道為何高中準備考試時再讀這首詩，突然好像有一點懂了這女孩的心思，於是我再一次吟詠，胸中突然湧起一股感覺，說不上什麼很特別的感覺，但那就是共鳴的徵兆吧！再讀這首詩的時候，是今日，然後心頭突然浮現的旋律是梁靜茹的歌〈想念是會呼吸的痛〉，因此節錄了其中最有共鳴的歌詞片段：

想念是會呼吸的痛，它活在我身上所有角落。
後悔不貼心會痛，恨不懂你會痛，想見不能見最痛。

總覺得這個女主角跟歌詞的情境很像，因為不能相見所以心很痛，正因為痛，而寫下了這一首詩，睹物思人，而思念又使她悲痛。所以她有了埋怨的語氣，埋怨對方總是不去找她，讓她思念得好苦啊！有人說「一日不見，如隔三秋」，相愛中的戀人若是被迫分離，想必就是這樣子的感受吧！

人因為愛而相聚，卻因為各種世道的原因，無法相見，這將會是多麼痛苦的一件事。自古以來人們都認為女孩的思念比男孩要來得多，總有人說女人是水做的，常常泣不成聲，常常思念、憂愁。對於「思念」我們第一個印象一定會想到女人，但其實男人也是會思念的，像《詩經》中的這首就是如此：

〈王風．采葛〉

彼采葛兮，一日不見，如三月兮。
彼采蕭兮，一日不見，如三秋兮。
彼采艾兮，一日不見，如三歲兮

詩中的他反覆吟詠著自己的思念，從字裡行間中就透露得出來。整首詩非常簡單，篇幅也不長，但卻可以很清楚的看見他對那個採野菜姑娘的想念。

這麼看來，相戀的男女，時時刻刻都在想念著彼此，沒有分男女，只要是人都會想念的。這因為我們是人，我們帶有很深厚的感情，所以我們會有各種情緒，這些情緒有時會使我們痛苦，就像思念一樣。雖然相思痛苦，但是思念是你還愛著對方的證明，所以人不會放棄思念。就像〈衛風．伯兮〉那位妻子一樣「願言思伯，使我心痗」，只要一天還愛著他，一天沒有看到那個他，心就會停不下來的思念。我們人類還真是一種麻煩卻又是可愛的生物啊！自古以來都是，若說世間之苦為何？莫過於相思。

最後就搭配著五月天的〈突然好想妳〉，思念心中的那個人吧！

作者小傳

許正蓉，就讀東海大學中文系，臺中人。從小沒有離開家鄉幾次，總覺得未來應該也會捨不得離開。平日喜歡聽聽不會太老，可是又不年輕的歌曲，搭配著幾本書，享受生活樂趣。

綿延不絕的思念

廖乙安

在古往今來的文學作品中，我們不難發現抒發思念之情的文章；因為與所愛之人身處異地、不得相見，故而引發悠悠思情，並期盼著愛人能盡快回到自己身邊，於是開始了一段無盡又漫長的等待……

在《詩經》中我們可以找到「思念」的蹤跡，以下引用〈王風．君子于役〉：

君子于役，不知其期；曷至哉！
雞棲于塒；日之夕矣，羊牛下來。
君子于役，如之何勿思！
君子于役，不日不月；曷其有佸？
雞棲于桀；日之夕矣，羊牛下括。
君子于役，苟無飢渴？

思婦不知道丈夫的役期何時結束，因而焦急；而在漫長無期度的等待中，思念之情油然而生；在丈夫不在的日子裡，每天出現的場景一成不變，由第一章以及第二章的三、四、五句「雞群回牆洞；一天又黃昏，牛羊都下山。」、「雞群回橛子；一天又黃昏，牛羊都下山」便可窺知；如此索然無味的生活，如何要人不思念與丈夫曾經的甜蜜與快樂呢？接著，第二章寫出婦人設想愛人在軍中的生活，而為他擔心，想著丈夫在軍營中沒日沒夜地執行著長官交付的任務，這樣能有休息的時間嗎？丈夫會不會吃不飽而又飢又渴呢？由上述的種種，我們可以看到思婦對丈夫的悠悠深情與思念。

再者，〈衛風．伯兮〉寫道：

伯兮朅兮，邦之桀兮。伯也執殳，為王前驅。
自伯之東，首如飛蓬。豈無膏沐？誰適為容！
其雨其雨？杲杲出日。願言思伯，甘心首疾。
焉得諼草？言樹之背。願言思伯，使我心痗。

丈夫必須執殳為王打仗，因而離開妻子，出兵征戰。自從丈夫出兵後，妻子的頭髮如蓬草一般雜亂難看；她並不是沒有潤髮油可以滋潤髮絲，而是因為丈夫不在家才無心容飾，所謂「女為悅己者容」便是這個道理。接下來，思婦祈求著天降下雨水，但外頭卻出了大太陽，這裡似乎暗示著妻子期望丈夫能歸來，但卻事與願違；她寧願因為思念而頭痛，也不願忘記在外征戰的丈夫；她願意因思念而痛心，也不願遺忘愛人；就算落得痛心疾首的下場，也要一心繫念著在遠方的愛人！讓人不禁讚嘆此思婦之真情意，以及愛情的巨大魔力。

從蔡邕所作的〈飲馬長城窟行〉中，我們也可看到一位癡情的婦人對遠在他鄉的丈夫思念之深切：

青青河畔草，綿綿思遠道。遠道不可思，宿昔夢見之。
夢見在我旁，忽覺在他鄉。他鄉各異縣，輾轉不相見。
枯桑知天風，海水知天寒。入門各自媚，誰肯相為言。
客從遠方來，遺我雙鯉魚。呼兒烹鯉魚，中有尺素書。
長跪讀素書，書中竟何如？上言加餐食，下言長相憶。

本文中的「綿綿」既描寫青草之綿延不絕，亦以此起興，道出相思之悠長不絕；而後以「枯桑知天風，海水知天寒。」寫出與丈夫久別的相思之苦，就如同「枯桑雖然沒有葉子了，但卻能感受到風所帶來的陣陣寒氣；海水雖然沒有結冰，卻感受到天氣的寒冷。」讀完此詩，使我不禁憐憫思婦與丈夫分隔兩地痛苦，且深深感受到現實逼迫夫妻分離的冷酷無情。

作者小傳

廖乙安，就讀於東海大學中文系三年級，喜歡《詩經》回環往復、音韻和諧的特色，使人在咀嚼文字時，愈發有味，因而選修《詩經》這門課，希望能更深刻體會其中的奧妙！

天人永隔的距離

尉南風

天地廣闊，宇宙更是無邊，蜉蝣般渺小的兩人之所以能夠相遇在同一個時空、得到相知的機緣、進而相愛相惜，憑的全是一個千載難逢的「緣」。這樣的良緣，是空前絕後的偶然，亦可能是累劫累世所修行而來，它使反覆蹉跎的時光變得不再乏味，賦予茫然的生命一個存在的理由，不得不承認，多數人皆是沒有了愛情的滋潤，生命便如同嚼蠟般無味，甚至，如同死亡，成行屍走肉，沒了生息。而愛人之死，永不復還，自然是愛情中最為殘忍的命運。

〈唐風．葛生〉，便是《詩經》中唯一展現因死亡而離別愛人的心情，〈毛詩序〉云：「刺晉獻公也。好攻戰，則國人多喪。」詩中寫的是妻子思念亡夫之情，節奏反覆而迂迴，字句哀戚而動人：

葛生蒙楚，蘞蔓于野，予美亡此，誰與獨處。

葛生蒙棘，蘞蔓于域，予美亡此，誰與獨息。
角枕粲兮，錦衾爛兮，予美亡此，誰與獨旦。
夏之日，冬之夜，百歲之後，歸于其居。
冬之夜，夏之日，百歲之後，歸于其室。

死亡，是人生必經的歸途，是人與人之間最遙遠的距離、最痛的分手，也是愛情文學作品歷久不衰的題材，有壯烈、有唯美、有如波濤洶湧的眼淚，有如細水長流的悲傷。蘇打綠的歌曲「我好想你」也同是對於死亡之人的情感展現：

開了燈　眼前的模樣
偌大的房　寂寞的床
關了燈　全都一個樣
心裡的傷　無法分享

生命
隨年月流去　隨白髮老去

隨著你離去　快樂渺無音訊
隨往事淡去　隨夢境睡去
隨麻痺的心逐漸遠去

我好想你　好想你　卻不露痕跡
我還踮著腳思念　我還任記憶盤旋
我還閉著眼流淚　我還裝作無所謂

我好想你　好想你　卻欺騙自己

世上愛人們最遠、最傷心的距離，莫過於死亡，天人永隔的距離啊！曾經朝夕相處的肉體，在墳中日漸瓦解，任蟲咬嚙，任土腐蝕，其魂魄也不知從何而去，任由墳上的荒煙蔓草恣意生長，也束手無策。相愛的兩人，便是倚靠著靈與肉的相互依賴而始得生存，而某一天，一人獨自進了墳中，便也是將另一人的生命力、與沒完沒了的牽掛與思念，也一同帶進了墳中，卻無法隨之埋葬。

這是何等殘忍的事實！多少活著的愛人，禁不起這般的消沉，生命失去了情感的寄託，生活也沒有了意義，便開始渴望死亡，消極度日地渴望死亡，甚至積極地自我了結。死亡，對一般人來說，是可怕的，意味著生命的結束，而對有情人來說，是天人永隔的距離，這樣距離使人心痛，而共赴黃泉看似就是打破這樣的距離的捷徑，從此，死亡便不再讓人畏懼。

然而，共同走向死亡，又怎能保證，雙雙難得契合的靈魂，能有再次相逢的機緣呢？在這樣的渺渺時空中……

作者小傳

尉南風，東海大學中文系三年級，親人早亡，對於文學中關於死亡主題的作品，常有共鳴。

死的嚮往〈唐風・葛生〉

傅莘萍

自古以來，戰爭就是一個困擾著百姓的大問題，因為戰爭而破碎的家庭不知有多少，每天提心吊膽的生活，而扮演這一角色的大多都為無法出兵戰爭的女性，一面打理家裡等待丈夫，一面又要擔心在外征討的那個他的安危，描寫這種情緒的作品《詩經》中隨意就可列舉出許多，有怨恨國家的、自我安慰的、提不起精神思念的，而其中也有觀點與他人不同，追求死亡的，如〈唐風・葛生〉：

葛生蒙楚，蘞蔓于野。予美亡此，誰與？獨處！
葛生蒙棘，蘞蔓于域。予美亡此，誰與？獨息！
角枕粲兮，錦衾爛兮。予美亡此，誰與？獨旦！
夏之日，冬之夜。百歲之後，歸于其居。
冬之夜，夏之日。百歲之後，歸于其室。

此詩為一位妻子哀弔丈夫的悼亡詩，看著野外的雜草藤蔓，想像丈夫從此獨自長眠於此，不禁感傷起來，更想到未來的漫漫長路，自己都要這樣孤獨且可悲的活著，只有等到自己也死去的那天，才能再次與親愛的丈夫同眠。

全詩分為五小章，前兩章的開頭「葛生蒙楚，蘞蔓于野。」「葛生蒙棘，蘞蔓于域。」帶有興起整章的作用，藉由墓地前所依附的藤蔓，襯出丈夫已死，自己無所依靠的心情；以及用爬藤植物纏繞喬木，比喻自己與丈夫間相親相愛的感情，當然也是對眼前景物所做的真實描寫。除了興起，還包含了比和賦，而這一強烈的開頭就帶給讀者荒涼、蕭條的意象。接下來的「予美亡此，誰與獨處！」「予美亡此，誰與獨息！」道出孤單躺在底下的丈夫，與藤蔓的茂盛更形成明顯的對比，悲涼之感便油然而生。

第三章開頭則寫到死者裝殮的角枕、錦被等燦爛華美的物品，因為戰爭受苦而死的人，身邊卻擺滿如此鮮豔的物品，畫面看來是更加諷刺，與墳場蕭瑟、孤寂的形象也形成反差，而「誰與獨旦！」則顯示時間的推進，不只夜晚孤單，明天以後就算太陽升起時，他也會是一個人，這般思念藉由一再地複沓而延伸拓展。

四、五章可看成第二大段，「夏之日，冬之夜。」或「冬之夜，夏之日。」都代表著日夜交替、四季輪轉，時間的變動，沒有直接的描寫，但透過這般時間的推移，可以看出思念的長遠，不曾斷過。而「百歲之後，歸于其居。」「百歲之後，歸于其室。」兩句可看作同一意思，皆表達與丈夫再相聚的堅定心情，日復一日、年復一年的永無終結的懷念之情，若可在自己死去的那一天終結，與他再次相聚，那麼早點離開這人世，似乎是詩人接下來唯一的追求目標。

此首詩點出了不尋常的心態，許多的哀怨、生氣或痛苦，但卻沒有任何失去理智的控訴或謾罵，唯一不變的是對於丈夫的那份愛，專注的望著長眠的丈夫，藉由外在景物的描述而表達出的情感，也深刻的表現出了對生命最終的認識，這正是所謂「生命的悲劇意識」。看似悲觀無望的生活，甚至消極求死的心態，卻在降到谷底時，有了新的體悟——死後就能再重聚，那麼人生好像瞬間也有了意義，就是希望自己能夠早點死去，這又何嘗不是另一種「積極」的心態？至少有了後續人生的一大目標，也許會被嘲笑這是種妄想，但卻更加體現出兩人堅貞不移的感情，將生之怨恨，轉化成了對死的嚮往，夫妻間真誠的情摯，也展露無遺。

作者小傳

傅莘萍，出生於新竹市，就讀東海大學中文系三年級，平時興趣除了閱讀不同的課外讀物，還有到處走走旅行，不論是一個人的散步，或是一群人的出遊都很喜歡，藉由親身的接觸來感受大自然的美好。

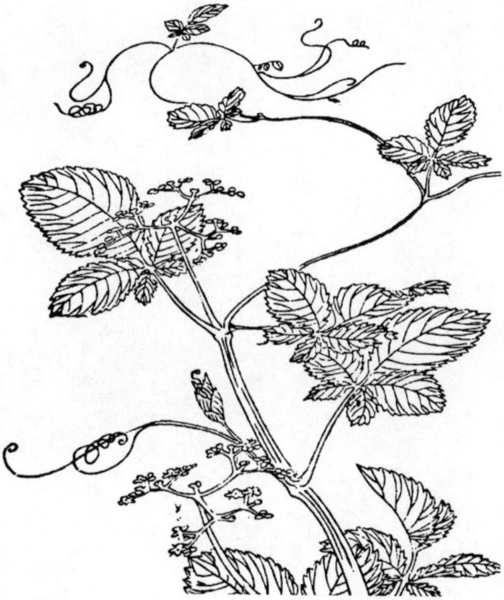

既然青春留不住，還是主動出擊好

石上玲

自古以來，女子對於青春的流逝總是特別敏感，如《紅樓夢》裡林黛玉聽到「如花美眷，似水流年」時的反覆思量，到今日源於日語的「敗犬」、以及被中國大陸教育部認定為新詞語的「剩女」一詞，皆是用來意指「年過適婚年齡卻未婚的女性」，這些詞語都是女性對年齡增長，憂心青春流逝而產生。

「男大當婚，女大當嫁」是中國傳統社會中對於「婚姻」所抱持的普遍觀念，然而，青春就像一把握不住的沙，總是自顧自地流失，然後隨風消逝。當等待的那份愛情姍姍來遲，待嫁女兒卻依舊是「等愛的女人」時，「女大當嫁」的急切與壓迫便將油然而生。起伏跌宕的內心情緒需要找到宣洩的出口，於是便化作一首首詩歌以抒發自身的懷春心情，〈召南．摽有梅〉便將這種焦急的求嫁心情描繪得淋漓盡致，一則生動的徵婚啟事，就躍然於《詩經》的文本之上：

摽有梅，其實七兮。求我庶士，迨其吉兮。
摽有梅，其實三兮。求我庶士，迨其今兮。
摽有梅，頃筐塈之。求我庶士，迨其謂之。

春情萌動時，一場細雨、一片葉落，都能夠激發出女子心中的濃濃情思，詩中這位姑娘已經過了待嫁年齡，卻依然小姑獨處，於是就將心中感觸寄託於偶然瞥見的梅樹之上。她瞥見梅樹上那纍纍的果實隨著熟度的變化開始紛紛掉落，留在枝頭上的數量由七分減到三分餘，最終全部熟透掉落地上，僅留下空盪的枝枒在風中擺盪……，眼前的這幅景象，在一般人眼中看來僅是果實生長的自然變化，但可把未嫁女子給嚇壞了！她想著，自己的青春不正也像梅子的成熟過程一樣嗎？由一開始的繁盛燦爛，漸漸地因無人採摘而掉落一地，在在都點醒了她：自己的青春年華也已開始凋零，更意識到自己已從「少女」變成「熟女」了，婚姻大事已不可再拖延。

在心慌與情急之下，女子於是開始向全天下的男性喊話：「迨其吉兮、迨其今兮、迨其謂之」，用這樣一再的呼喚刻劃出整首詩的情緒起伏，由「有心追求者，宜趁良辰！」、「有心追求者，宜趁今天」、到「有心追求者，只要說聲」，情緒越來越急，唯恐歲月不饒人，自己手中的籌碼越來越少。全詩言語簡練，只更改了幾個字詞，就活脫脫地把心情給描繪出來，而且隨著女子越來越不設條件徵婚，就更加看出她的心急。我們不難想像女子時刻的來回踱步、也不難想像她每日的引頸期盼，更可以窺想她站在梅樹下，看著一顆顆熟透掉地的梅子時，那種揪心的感受。這首詩以梅子為書寫的角度，更讓字裡行間充滿著梅子的酸澀，蕩漾著女子內心的濃濃酸楚，可說是物我合一之作。

特別的是，這首詩雖然是女性在感嘆歲月的流逝、自己的遲婚，但哀而不怨，沒有給人一種悲觀的心態，反而是將自己對愛的渴望給迸發出來，用相當具有爆發力與生命力的語言來展現出自己的心情，十足活潑奔放。同時，這首詩中女性意識的萌生，令人激賞。早在《詩經》時代，女性已不再被動等待男性的追求，可以為自己的幸福發聲。

這位高齡淑女的呼聲最後是否引來追求者，我們不得而知，但她勇敢主動的發布「徵婚啟事」，向男士們訴說她的肺腑之言，用最真誠、最直接的情緒流露出她對於婚姻的渴求，在禮教束縛的年代之下，至少已經為女性主動爭取愛情跨出一大步，遠比躲在閨房悶出一身病，在心態上要來得健康活潑。渴望愛情乃是人類的本性，青春年華的少女有誰不想得到愛呢？唉！所有憧憬愛情的女性呀，既然青春留不住，就不要再獨自興嘆了，還是主動出擊、起身追尋屬於自己的幸福吧！

作者小傳

石上玲，高雄人，東海大學中文系四年級學生，同時修習教育學程。嘗試加入現代元素詮釋《詩經．摽有梅》，以期未來能投注更活化的教學方式於國文學科中，成為一名能讓國文教學更有趣的國中教師。

〈載馳〉破除禮教束縛的新女性代表

黃嫣如

身為女性的你，當面臨禮教拘束與國家危難的矛盾時，會做出何種抉擇？是堅守世人認為正確的價值標準呢？還是破除守舊思想，拚死守住自己的國家、信念呢？

〈鄘風・載馳〉一詩，寫一位忠貞愛國的許穆夫人，如何打破禮教和國人反對，越境請齊國協助娘家衛國，逐退北狄，拯救了自己的祖國。

她，本是衛文公之妹，後遠嫁至許國，成為許穆夫人。然而，好景不常，某一日祖國傳來噩耗——衛國遭狄人攻陷，衛文公目前雖帶領國人至漕邑避難，情況卻十分緊急，需要大國馬上調兵遣將方能抵禦狄人的侵擾。可許國畢竟是個小國啊！又怎能打贏外來民族呢？面對如此十萬火急的事件，她靈機一動，想起齊桓公曾經和自己有過一段舊情，應趕快出境向齊國尋求救兵，如此或許還可以救亡圖存。

但是，自己的丈夫——許國的君主又豈肯讓自己如此做？再者，許國的子民又會以何種眼光來看待擅自出城的自己呢？弄個不好，還會被冠上不貞的罪名。掙扎於兩難之間的許穆夫人，最終還是選擇守護祖國。

乘著飛奔的馬車，心中急著回祖國慰問哥哥以及衛國子民，但許國臣子又怎會放過自己？不斷催促著馬匹快跑，無奈後頭有許國大夫追趕著，阻止自己越境回衛國。

「大夫跋涉，我心則憂」是現在的情緒寫照。「既不我嘉，不能旋反。視爾不臧，我思不遠。既不我嘉，我思不閟。」是我煩憂兩難的心境。既然許國的大夫們紛紛指責我的行為不合乎禮教，那麼你們誰又能提出一個好的救國計策呢？

「覆巢之下無完卵」，祖國沒了，我又能依靠誰呢？許國的大夫們啊！你們迂腐守舊的思想，卻不及一位女子的實行力以及高遠的洞見。告訴你們，無論再怎麼阻擋，我都不會打消救國的意念，你們別再追趕我，快回去許國吧！

「陟彼阿丘，言采其蝱。女子善懷，亦各有行。許人尤之，眾穉且狂。我行其野，芃芃其麥。控于大邦，誰因誰極？」登上一望無際的山丘啊！希望有貝母來治療憂鬱的情緒。如今，我痛心許國大夫守舊的思想，一味阻止我救國的行為，為的竟是可笑的禮教。而今的局勢，誰可以依靠？誰可以拯危？

「大夫君子，無我有尤！百爾所思，不如我所之！」你們這些大夫君子，請不要責備我，你們所想，不如我所想的周延。

〈載馳〉這首詩不僅寫出許穆夫人的無奈，更見當時女子出嫁後不能隨便回娘家的嚴格禮教。由此可推知，為何許穆夫人想回衛國弔唁、向齊國求兵，許國上下會如此反對，大夫甚至在許穆夫人的馬車後窮追不捨，試圖阻擋她出城。

然而，禮教的價值真的比救亡還重要嗎？古今中外，我們看到多少聰慧的女性，其才智埋沒在這些束縛中，無法施展。就如同《紅樓夢》中的林黛玉，飽讀詩書，信手拈來便是一首好詩，卻仍受限於當代「女子無才便是德」的觀念裡，最後只能抑鬱而終。

相較於許穆夫人以及巾幗英雄——花木蘭兩人，她們選擇破除大眾認同的守舊禮教，展現各自的愛國堅定意志。這是多麼艱困的一件事，又是多麼的難能可貴啊！

許穆夫人雖不像花木蘭一樣，披甲上陣、馳騁沙場，卻擁有開闊的胸襟與過人的膽量。她宛如一隻即將破繭的蝴蝶，面對禮教這個剛勁、堅固的繭，嘗試突破它所帶來的困境，最後，終於成功破繭而出，達成自己的意念。

許穆夫人的行徑，堪稱當時的新女性。她讓我們了解：女人，不再只能依循禮教行事；女人，也可以擁有自己的意念，活出自己的一片天。

作者小傳

黃嬿如，新竹人，就讀東海大學中文系四年級。喜歡古典文學作品，對於女性形象尤為關注。本文從〈載馳〉觀察詩人刻劃女性堅毅勇敢、果決明智的形象，希望能顛覆許多人對古代女人順從、婉約的刻板印象，活現一個在禮教束縛社會下的新女性形象。

中國最早的隱逸書寫

楊捷宇

自古以來，中國有著太多的高人隱士，從大家耳熟能詳的洗耳許由、投河務光、到不食周粟的伯夷、叔齊、魏晉時代的陶淵明和唐代詩人孟浩然等等，有眾多隱士無法認同世事而選擇隱居棄世。也正因如此，隱逸詩自然是多如牛毛了，然而隱逸文學的源頭，不得不推〈衛風．考槃〉這首詩：

考槃在澗，碩人之寬，獨寐寤言，永矢弗諼。
考槃在阿，碩人之薖，獨寐寤歌，永矢弗過。
考槃在陸，碩人之軸，獨寐寤宿，永矢弗告。

全詩三章，各章四句複沓，而且全由賦敘述，每章僅只抽換句中的幾個詞語，產生一唱三嘆的回環往復，書寫一位山中高士怡然自得的生活形態。

第一章寫出隱士獨自生活，每天過著自言自語的生活。我想，這是隱士和自己內在對話的寫照。和自己對話乍看之下好像是個瘋子，其實是對自我的審視、對自我更深入的體認。這是非常難做到的事！為什麼呢？以人性的觀點來看，人或多或少都有喜好新奇心理，試想現今很夯的facebook，就是建立於人性窺視、好奇的慾望，才會這麼受歡迎。一個人能長時間獨善守窮而不問世事，那真是違反人性了！這是要有一定的修養功夫才能夠做到的。曾聽一位學者說，他認為自己才能稱得上是一位真正的宅男。因為他不同於時下年輕人在家中靠著3C產品與世界接軌而不須外出，他可是在家裡參禪打坐、調養身心，心是隔絕於外的。我想這樣的功夫應該很多人都無法達成，就像詩中那位隱士，隻身棲居山野，在不方便、寂寥孤獨的環境中，仍然一點都不覺空虛，能夠自豐生命的價值，進而安時處順。我想這並不是有著以逃避的消極心理能做到的，對比於賈誼作〈鵩鳥賦〉後的爽然自失，更加可以認定這位隱士並不是因為一時的失意而隱居的，他是真正走向山林、走向孤獨卻自我充實的境地。

第二章寫隱士日常生活，經常獨自高歌。可想這位隱士唱歌應不是自我不快懊惱情緒的發洩，而是一種心境處之泰然的真情流露，在寂寥無人的環境中，透過歌聲傳達出自己內心的快樂。人活在世上，要面臨太多的身不由己、無法自我去選擇的人生課題，選擇歸隱山林，在無世俗干擾的環境中尋求心靈的超脫，看似容易，但在與世隔絕的環境中還能處之泰然，我想這是非常難做到的。

第三章寫隱士獨自生活，在面對往後的日子，不但不畏懼，反而更加快樂，隱逸的決心益加堅定。能夠使他這麼樣的灑脫，我想是——「安時處順」這是隱逸的真諦。不是身處山林就能夠有這樣的修養，如蘇軾爬松風亭脫口而出的「此間有什麼歇不得處」；蘇轍在快哉亭裡俯瞰長江而領悟的「使其中不自得，將何往而非病？」柳宗元在登上西山後的「心凝形釋，與萬化冥合」；陶淵明隱於市集間還能有「此中有真意，欲辨已忘言」的超然情懷；以順處逆，則哀樂不能入也，人生才得以釋然而樂。而本篇隱士孤獨的處境，更能夠引發心中的細膩情感：孤獨使生命重新體悟、孤獨使內在得到反省、孤獨使靈感創造激發、孤獨使執著得以放下……孤獨是對自己完全的檢視、血淋淋的抽絲剝繭，讓內心一絲不掛的呈現出來，喜歡孤獨，就是喜歡自己。

讀著這篇〈考槃〉，想起一句話「天意昭炯，我自獨行，天地雖不容我，心安便是歸處」，面對人世間的是是非非，只求無愧我心。我希望日後身處在社會上，也能有著一樣的情懷，面對艱難的挑戰。

作者小傳

楊捷宇，臺灣高雄人，東海中文系大四生，非常熱愛中國文學，尤其對《詩經》特別熱愛。寫下本文，抒發個人對先秦隱士精神的讚賞與共鳴。

蕪菁的人們

辛佩君

〈唐風・采苓〉

采苓采苓，首陽之巔。人之為言，苟亦無信。
舍旃舍旃，苟亦無然。人之為言，胡得焉？
采苦采苦，首陽之下。人之為言，苟亦無與。
舍旃舍旃，苟亦無然。人之為言，胡得焉？
采葑采葑，首陽之東。人之為言，苟亦無從。
舍旃舍旃，苟亦無然。人之為言，胡得焉？

不論在何年何月，何朝何夕，人類最為頑固的從眾性，在我們的血液裡從未褪去。

〈唐風・采苓〉用反覆疊沓的語句，來強調勿信讒言，世間的謊言俯拾可得，如一般的黃藥、苦菜、蕪菁一般，不論在首陽山的最高處、山腳的樹下、東方的野地，就如社會一樣，位居高者，會有小人的諂言陷害，位卑者被這些流言打壓，苦無翻身之日。

「采葑采葑，首陽之東。」葑，乃蕪菁之意。宮崎駿的動畫作品《霍爾的移動城堡》中，有一個角色的名字即是蕪菁，因受到了詛咒，所以一直保持著稻草人的模樣，日復一日，他遇到了女主角蘇菲，把她帶向了另一種玄幻又神奇的旅程，蕪菁的出現象徵了這段旅程的開始，在故事的最後，蕪菁為了蘇菲犧牲自己後，因為蘇菲的一吻，蕪菁恢復了人的模樣。以蕪菁的出現象徵女主角走進了一段既虛幻又綺麗的世界，以蕪菁回歸原本的面貌，男女主角最終回歸生活，平凡快樂的生活在這移動城堡裡。而謊言又何嘗不是如此呢？它帶著人步入陷阱，走進自以為光彩奪目的境地當中，但當蕪菁褪去，最終又能剩下什麼呢？

「信」、「與」、「從」緊扣著〈采苓〉的題旨，同樣也反映著我們現在的生活，在資訊飛速傳播的今日，閱聽人已經忘記該怎麼去選擇正確、可靠的消息來源，我們看似活在無比資訊透明的時代裡，但卻更似深陷濃霧，愈加撲朔迷離。盲目的跟著前方若有似無的幻象，當迷霧散去才知道這一路上走得多麼荒唐。

「舍旃舍旃，苟亦無然。人之為言，胡得焉？」這句話在詩中反覆出現了三次，別因為待在黑暗太久，看到不確定的光明就發了狂似的向前衝去，那並不一定是真實。人為什麼要製造這些流言，可以得到什麼好處嗎？讓自己陷入迷幻的泡沫裡，沫花消散，徒留一片沙岸的荒涼。

作者小傳

辛佩君，東海大學中文系二年級學生，喜歡旅遊，去看看世界之大；喜歡美食，嘗試處處之鮮；喜歡文學；豐沛眼界心靈之廣。

「正向的頌禱」

〈假樂〉

黃守正

在《詩經》的〈大雅〉中，有許多頌揚君王美德的詩作，〈假樂〉就是典型的一篇。有人說這種歌功頌德的文章，不僅毫無文學價值，甚至有「近諛」之譏。今人程俊英《詩經注析》更下了重語，他認為〈假樂〉這首詩「全篇捧場，毫無足觀」。深愛文學的我，原先也認為這種四平八穩的口號形式文章不值得一看，但這些年逐漸深入佛經的研讀，並涉獵認知神經科學及心理學文獻後，才發現這頌揚君王美德的詩作有其特殊的優點。

假樂君子，顯顯令德。宜民宜人，受祿於天。保右命之，自天申之。
干祿百福，子孫千億。穆穆皇皇，宜君宜王。不愆不忘，率由舊章。
威儀抑抑，德音秩秩。無怨無惡，率由羣匹。受福無疆，四方之綱。
之綱之紀，燕及朋友。百辟卿士，媚於天子。不解於位，民之攸塈。

美善和樂的君王，有昭顯的好品德。知人善任安百姓，天命賜他得厚祿。
上天保佑任命他，上天賜福家國旺。
求得豐祿百種福，子孫綿延千億年。莊嚴溫和心坦蕩，應為國君當稱王。
從不犯錯不忘本，遵循先祖舊典章。
容止美好又端莊，言談政令皆清明。不懷私怨與憎惡，誠明順從眾賢臣。
所得福祉無窮盡，治理四方有綱常。
建立秩序與規律。君臣宴飲如朋友。諸侯百官士大夫，愛戴天子齊忠心。
從不懈怠盡職守，天下萬民永歸附。

〈假樂〉這首詩淺顯易懂，主要在頌揚君王的美德與風範。至於詩中所讚譽的君王為誰？歷來有不同的看法。《詩序》記載此詩是「嘉成王」，明代何楷《詩經世本古義》認為是「讚美武王之德」，清人魏源《詩古微》則說「〈假樂〉美宣王之德」。誠如呂珍玉老師《詩經詳析》說：「此詩頌揚王能敬天、法祖、用賢、安民，但究竟頌揚何王，各家說法紛紜。」

擱置歷史考據，不論詩中所嘉美的君王為誰，都令我對詩中君王的形象油然生起景仰之心。一位品德高尚的君王，舉止莊嚴溫和而心胸坦蕩，能遵循先祖典章而不犯錯不忘本，政令清明而民無私怨，治理四方能建立制度，不僅能知人善任安定百姓，連上天也保佑他、任命他為君王。更難能可貴的是他能盡職不懈怠，不斷的「自我要求」，讓君臣和樂相處，眾臣齊心治國，因而天下萬民安樂歸附。如歐陽脩《詩本義》：「外有威儀、內有令德，其臨下無有怨惡于人，率用羣臣以共治之……在燕私則朋友、在公朝則卿士，皆當共愛于王。而不解于位，民乃得安息也。」

從文學的觀點鑑賞〈假樂〉，這種歌功頌德的作品真的毫無文學價值嗎？當代作家楊照說：「文學的核心在於一種實驗語言、操弄語言、開發語言的態度。文學之可貴，在於不斷探測其他定理、規條無法標誌、範限的灰色地帶。文學處理人間是非曖昧、對錯模糊的複雜性。其他的知識傾向於簡化、整理複雜，藝術文學卻以多變的形式試圖傳鈔模寫、複製呼應、甚至深化錯離這種複雜性。」我認為這段敘述將文學的定義傳達得十分貼切，從實驗、操弄或開發語言的角度來觀察，〈假樂〉整首詩平鋪直述，只用「賦」的寫作技巧來敷陳君王美德，似乎創作手法平平無奇，然而就如楊照所說「文學處理人間是非曖昧」，對君王正面的肯定與頌揚，其實也是眾多複雜情感的一種書寫。

若從文藝功能的角度來檢視，就更能清楚〈假樂〉的價值。近代美學家朱光潛在〈無言之美〉這篇文章曾提到：「所謂文學，就是以言達意的一種美術。……美術是幫助我們超現實而求安慰於理想境界的。」因此，文藝的功能是幫助人們超越現實而尋獲理想的願景。〈假樂〉所描述的君王之德，可視為下屬的真心頌揚，也可詮釋成臣民對明君的期待盼禱，換言之，「頌」與「禱」是一體兩面的，對於理想君王的品格風采，既能瞻仰，也可想望，它都能給予讀者正面的意義。

文學的底蘊本貴於真誠，基於真誠而足以動人，但真誠之後所要彰顯的，我認為應該是美善的正向價值。童話故事的圓滿結局或許被認為膚淺，但正向意義卻還含藏著無限價值；亞里斯多德《詩學》的悲劇理論強調「淨化作用」，他提出悲劇是「藉由引起憐憫與恐懼來使這種情感得到陶冶」，若無法引導出憐憫與恐懼的心理效果，就失去了創作悲劇的意義。因此，文藝的功能訴求仍在於是否具有「正向的意義」。

二十一世紀的心理學開展出一門新興的研究，稱為「正向心理學」（**Positive Psychology**），它企圖從一個人的日常言行、歷緣對境所產生的心理反映及整體價值觀進行改造，透過正向的思考及行為規範，創造豐富的生命意義。這跟認知神經科學息息相關，認知神經科學教授洪蘭說：「我們的大腦是一直不停因外界刺激而改變裡面神經迴路的連接，大腦是環境與基因互動的產物：我們的觀念會產生行為，行為又會回過頭改變大腦的結構。」就像佛教唯識學所說的「種子生起現行」、「現行又薰習種子」的理論相同，種子就是觀念，現行就是行為，彼此不斷的產生影響。因此我們在看待所有事物時，正向而清楚的思路是很重要的，思維的慣性將左右我們的判斷，就像悲觀與樂觀往往只在一念之間。

當然，閱讀文學作品絕非如冬烘先生不辨是非，或牽強的鄉愿迎合。每當我吟詠〈假樂〉，心中所生起的是一位受人愛戴的君王形象，咀嚼詩句的字裡行間並沒有感到虛假的諂諛，更無法聯想程俊英《詩經注析》所批評的「露骨的媚意」。〈假樂〉被收錄在〈大雅〉，如朱熹所說，其目的本是「會朝之樂」，因此「或歡欣和說以盡群下之情，或恭敬齊莊以發先王之德」，這原是理所當然之事，除非詩中明顯針對的是位無道的昏君，不然奉承的媚意從何而來呢？

「人生如戲」這句話看似平常，背後卻意義深遠。有人說「人生如戲不要太在意」，有人說「人生如戲要演好自己的角色」。從佛教唯識學、正向心理學或認知神經科學的角度來解讀，「人生如戲」，自己是演員，同時也是編劇或導演，不要將自己的劇本寫得太難演，要將自己的戲寫得精采，就需要正向的思維。讓我們回到孔子的言教：「詩三百，一言以蔽之，曰：『思無邪。』」因此，閱讀〈假樂〉

我沒有感受到絲毫的虛偽，它給我的意義是「正向的頌禱」。不僅讓人心思無邪而歸於純正，更展現一位英明君王的形象，不論是真心的頌揚，還是期待的盼禱，都提供了一個美好的君王典範。

作者小傳

黃守正，東海大學中文所博士生，喜好閱讀、教學、學術、音樂。經歷國、高中國文教師、東海大學中文系兼任講師。

三　文藝新創篇

有匪君子，淑女好逑

《詩經》中的愛情

謝孟珊

紫禁城。

錦幃繡被，珠簾軟帳，鵝黃色的地氈上織著大朵紅色玫瑰，窗邊桌上擺著精巧的梳妝物品。

公主身處富麗堂皇的寢宮，檀香瀰漫，鼻中甜香幽幽，卻毫無倦意，惟獨坐嘆息，眉目間滿是愁緒。

只聽她低吟道：「青青子佩，悠悠我思。縱我不往，子寧不來？挑兮達兮，在城闕兮。一日不見，如三月兮。」

袁承志不懂古詩的原意，但聽到「一日不見，如三月兮」，也知是相思之詞。

（改編自金庸《碧血劍》第十七回〈青衿心上意　彩筆畫中人〉）

國小每週四班導會抄首詩在黑板上，要學生們謄到小簿子，七點半大家到齊了再講解。

風雨如晦，雞鳴不已。既見君子，云胡不喜？

窗外大雨滂沱，我瞧瞧被雨水打濕的鞋尖，瞥了一眼斜對面的他，他穿著青藍色襯衫，衣領摩娑著他的臉龐。

見了你怎麼可能不開心呢？你還問什麼呢。唉！多希望你也能知道。

小小年紀的我，沒有受過任何讀古文訓練的我，單純得如同一張白紙的我，對於愛情仍然懵懂的我，都一眼就明白了詩中所要傳達的心思。

正如袁承志不懂《詩經》，卻聽懂其中涵意。可見《詩經》所傳達的情感，千古皆然，不曾改變。

愛情，也正是遠古時代至今不變的情感吧！

也在那個時候，我和《詩經》結下了不解之緣。

高中時代的我，清楚的知道若是如長平公主阿九一般，只站在城牆上埋怨對方「縱我不往，子寧不來？」對方是不會有任何感覺的。若非袁承志意外闖入禁宮，興許永遠都不會知道阿九對他的情意。

因此打聽到鬱君，應班長之邀，將出遊登山，我也立刻成了登山一員。特意挑了件白短衫外披上雪紡薄紗衣，我想山風吹拂，白紗輕揚，肯定會給他留下深刻的印象。

十一月的深秋季節，漫山遍野生滿了蘆葦，白芒紛飛，有如飄雪。

鬱君見我衣著單薄，隨口問了句：「你不冷嗎？」

海拔越高，我越感周身的氣息清寒，卻朝他一笑：「不冷。」

略偏頭，卻見到旁石碑上刻了幾句詩：

> 青青子衿，悠悠我心，縱我不往，子寧不來？

我一呆，卻見鬱君早已走遠。

望著他的背影，嘴邊噙著苦笑。

班長興奮地指著滿山的蘆荻，大喊：「看！漂亮吧！我上次來也是這樣。」

我不由得接口道：「是蒹葭呢。」

班長一臉疑惑地回過頭來：「嗯？那是什麼？」

我淡淡笑道：「蒹葭蒼蒼，白露為霜。」

我心中的伊人，雖然近在眼前，卻是其人則邇，其心甚遠。

豈不爾思？子不我即。

班長仍然滿臉疑惑。而他——鬱君——並未停步，遠遠地走在前頭。

他沉默寡言，戴著那頂咖啡色貝雷帽，有種落魄的文人氣質。從山上到山下，我和他，大概只對上四句話罷。

「你似乎很喜歡這頂帽子。」雖說應該是詢問，但我語帶肯定。

「是啊。」回應簡潔。於是二人無語。

那天，他半靠在椅背上，手上捧著本張愛玲，側過頭來，朝我笑笑：「妳是醫我的藥。」

我又驚又喜，試探問道：「什麼？」

他揚揚眉：「沒什麼。書上的一句話。」

好一句沒什麼。

我只好淡淡一笑，想著你投我以桃，我報之以李，便回道：「執子之手，與子偕老。」你可願與我死生契闊？

他大笑：「哈哈，也是裡面的句子。」想來是不願了。

子兮子兮，如此良人何？

《詩經》上的她何等歡欣，而我何等傷心。

子惠思我，褰裳涉溱。子不我思，豈無他人？狂童之狂也且！

子惠思我，褰裳涉洧。子不我思，豈無他士？狂童之狂也且！

他真的對我有意，早就狂奔過來了吧，怎麼還這樣溫溫吞吞的呢？仔細想想，似乎也有道理。

唉！子不我思，豈無他人？你等著吧，等著叫我大嫂，到時候就別後悔。

《詩經》是現存最早的詩歌總集，紀錄著最原始的古老情感。無論是羞澀猶疑的〈蒹葭〉、大膽熱烈的〈摽有梅〉、或是真摯純樸的〈采葛〉，都道盡了愛情的酸甜苦辣。

在我的愛情世界中，每經一種情感挫折，似乎都有一首詩和我相應答，時而淡遠，時而甜膩；有入骨相思，也有愛恨交織。

《詩經》中的情歌，經過時代的變遷，仍然歷久不衰，為人們所傳唱，宛若千百年來亙古不變的一顆璀璨明珠。

作者小傳

謝孟珊，桃園縣人，東海大學中文系四年級學生。喜歡閱讀，喜歡寫作，喜歡中文，武俠小說是她的精神泉源，因為武俠，而認識《詩經》，了解《詩經》，喜愛《詩經》。

好逑湯

施盈佑

這一日，殘破瘡痍的城牆旌旗，舞動地劃下一道扭曲而無形的帳幕。城牆內，死寂亂竄街道巷弄；城牆外，殺聲充斥廣漠之野。

我，吐納運氣一周天後，背負雙手，慢慢睜開雙目，昂然挺胸，等待旭日東升，灑上金黃的戰士盔甲。

熟悉音調傳入耳際，帶著些許按耐不住的焦燥，「靖哥哥，靖哥哥，守城將士們，幾乎死傷殆盡。這一次，蒙古大軍又傾巢而出，襄陽守不住了。既然已守不住，不如⋯⋯」蓉兒話只說了一半。

我頓了片刻⋯⋯

「守不住，也得守。」我語帶悲愴。

「唉！」心裡想，大宋軍民為何不能同心抗敵？遂只能嘆一口氣。

「襄陽若失，亡國在即，國亡則不復有家⋯⋯」

「靖哥哥，你我夫妻，活則同活，死亦同死！」蓉兒打斷我的話。

我徐緩地移轉目光，蓉兒已淚眼婆娑。我知道她的思緒，心裡雖明白不可能勸我離開襄陽，但卻又不得不再說一次，這都是基於對我的深情。

記得初遇師父七公的那個午後，蓉兒可謂費盡心機……

其實，對我來說，分半隻雞給乞丐，就只是蒙古人的好客規矩。我壓根不管乞丐是誰。萬萬沒想到，這個乞丐竟是大名鼎鼎的北丐洪七公。多年後，蓉兒突然問起這事，還戲笑我是真笨瓜。

「光憑瑩碧如玉的綠竹杖，以及只剩四根手指的右手，應當就無人不曉。不對，不對，至少還有一人不曉。靖哥哥，你知道是誰嗎？」蓉兒語帶玄機的說。

「誰？竟不知是七公？」那時的我，沒會意到蓉兒是在尋我開心。

後來，蓉兒還說了一個秘密。當她推敲出七公就是七公時，一股心思要讓七公成為我的師父。目的看似讓我精進武學，實則在盤算有朝一日的婚姻大事，她擔心父親黃藥師不喜歡我這傻小子，七公則能成為強而有力的靠山。雖然，我不太認同蓉兒的作法，但她對七公既未有謀害之意，且初衷仍是對我的一往情深。

「還記得『好逑湯』嗎？」蓉兒問。

「當然記得！」我答。

七公先猜「荷葉筍尖櫻標斑鳩湯」，又猜是「君子美人湯」，可蓉兒說是「好逑湯」。此名典出《詩經．關雎》，「關關雎鳩，在河之洲，窈窕淑女，君子好逑。」不僅七公覺得是稀奇古怪的名目，我也是丈二金剛。

幾天後，蓉兒懷中揣著一本書，推滿笑臉跟我說，「靖哥哥，今天不要練武了，咱倆來讀讀《詩經》。」

我對書本，一竅不通，不過，蓉兒說要讀讀，也就跟著讀讀。

「靖哥哥，我已解釋這段詩句的意思，你懂了嗎？」

「《詩經》原句是『君子好逑』，若從『君子好逑』變成『好逑』，靖哥哥，你覺得有什麼不同？」

「『君子好逑』就只能是君子追求淑女，俗了些，『好逑』就不同了。」

「單言『好逑』，既能是君子追求淑女，也能是淑女追求君子。」

「我父親被稱為東邪，最厭惡世俗成規了，作為東邪的女兒，我不願當『窈窕淑女，君子好逑』的淑女，只想成為『謙謙君子，淑女好逑』的淑女。」

當時不懂蓉兒文謅謅說了什麼，但眼中的深情，猶如今日。

「城門已被攻破了，城門已被攻破了……」城門守將的嘶吼，將我拉回現實。

看著城牆下，蒙古鐵騎萬千，我沒有一絲懼怕，因為蓉兒就在身邊。

最後一次，挽起她的手，生死與共。

作者小傳

施盈佑，一九七六年生，臺灣臺南人。東海大學中文系博士班畢業。喜愛研究與教書，有時寫寫不高明的文章。現為流浪博士，於東海大學、靜宜大學、臺中教育大學、勤益科技大學、朝陽科技大學等校兼任授課。

靜女二〇一五

施盈佑

等待的不安

二〇一五年十二月二十二日，無聊的兩性關係通識課，遙遠的另一端，只剩下老師一個人在自嗨。從背包裡拿出AC牌筆電，左手食指按了電源鍵，約莫二十三秒後，再開啟一個word文件檔。然而，卻不知要給什麼檔名？

這時，LINE有個新訊息……，原來是同寢室友，邀約一起參加寢室聯誼。室友，是大四學姐，讀歷史的，相貌平凡。雖然大四了，卻一直沒有交往對象，難怪在聖誕夜前，又想獵殺男人。其實，我也沒資格說三道四，因為我只比學姐晚一屆，可排入大學的「剩女」行列。至於相貌嘛！既不是明眸皓齒，更非國色天香，與學姐同等級。

恰巧，今晚沒有圖書館的工讀，猶豫一下，立即回「OK」。

「你們好，我叫又語，中文三年級，喜歡文學，愛讀論語，有時覺得自己是文青……。我也看航海王，對電玩也有興趣……，你們也是吧？」天呀！我到底在說什麼，硬由嘴裡吐出的一段話，亂七八糟的自我介紹。果然，初次見面的開場白，最適合編進搞笑劇裡。不過，正對面的那個男生，似乎滿害羞。沒有放聲大笑，沒有緊鎖愁眉，表情僵硬如刻壞的兵馬俑。

看著看著，突然與他眼神交會，他迅速移開視線。他，感覺像剛跨出《射雕英雄傳》的郭靖，缺了時下的油腔滑舌，我最喜歡的類型。想著想著，心頭熱氣上沖，雙頰似已飛紅。

這一夜，不知何故，一直沒有睡意，頻頻點閱LINE的視窗。

昨天，已加入LINE好友的他，會不會傳訊？《詩經．采葛》「一日不見，如三月兮」的情感流動，我有那麼一點點懂了。

書桌上的時鐘，時針逐漸走近十二點，灰姑娘正趕著回家，我應該做什麼呢？好不容易說服自己，主動傳了一個「笑臉」。

想不到，他立即回了個「笑臉」，這讓我措手不及。難道他也一直在電腦前，等待著，猶疑不決？難道，他對我一見鍾情？不可能！應該是我自作多情！我要回訊嗎？不行！若馬上回訊，豈不少了女性的矜持？沒關係，只是回訊，與矜持不矜持何干？……天使魔鬼在內心拉扯著，就在這時，螢幕的綠色對話框裡，出現一條又一條的新訊息……

「妳在嗎？」

「妳還在嗎？」

「我想說，妳丟我訊息，是要跟我聊，所以……」

「或許，妳不是這個意思吧！」

「抱歉！」

「不打擾妳了。」

「妳忙……」

「我下線了。」

「晚安。」

怎麼辦？我要回訊嗎？快一點，一定要回個什麼，於是，再傳了另一個「笑臉」，小愛心的笑臉。他應該不知道我的暗示，或許他會知道，希望他會知道。

過了一分鐘，沒有回訊。

過了二分鐘，沒有回訊。

過了三分鐘，沒有回訊。

過了好久好久，還是沒有回訊。

「笨蛋！誰叫妳不及時回訊。」我只好抱怨自己。

不安且焦慮的等待著……

終於，半小時後，他又上線，且回訊了。

LINE出現一則他傳來的訊息……

「靜女其姝，俟我于城隅。愛而不見，搔首踟躕。」

聖誕禮物

二〇一五年十二月二十三日，天晴。

耳機撥放一首老歌，我也跟著輕哼，「思念是一種很玄的東西，如影隨形……」，心裡有種不暢快，卻又塗抹一層如糖衣般的甜味，這是思念嗎？瞬間有一衝動，能否舉手問問思想史老師？如何理解「思念」？如何區辨「思無邪」或「思有邪」？

終於等到最後一堂的下課鐘聲，同學們或快步閃離教室，或聚集討論聖誕連假的規劃。而我呢？簡單的一人，簡單的步調，繞個小遠路，轉進簡單的文理大道。

回到空無一人的寢室，呆坐床沿，搖晃著脫去束縛的赤腳，讓時間流動在各腳指間。不知經過一小時？還是兩小時？或者三小時？

夜幕已降，路思義教堂醉臥銀河星空下，彷彿「不食五穀，吸風飲露」的藐姑射山之神人。但，錯過晚餐時間的我，因飢腸轆轆而顯得更加輕盈，快步滑過酷似鬼魂悠遊的相思林。

穿越人車擁擠的馬路後，本應直接照料我的五臟廟。

但，看到不遠前，文具店的綠光招牌，立即，改變主意，因為，紅筆用完了，決定先買紅筆，反正，也花不到幾分鐘。

在眼花撩亂的置筆櫃前，不假思索地挑了便宜又實用的三隻紅筆，直接走向結帳櫃檯……

「咦？好特別的聖誕小禮物。」我停下腳步。

那是兩個一套的磁鐵書籤，一個畫上一株「紅蕙草」，另一個以行草寫著「彤管」，腦海裡自動浮現一行詩文，「靜女其孌，貽我彤管。彤管有煒，說懌女美。」商人這一招也太高了吧！加上聖誕節氣氛的外飾包裝袋，要價居然僅三十五元，於是伸手拿了兩套。結帳時，我默默對著自己說，為何拿了兩套？店員先是楞了一下，接著說，「小姐，妳只要買一套嗎？」我趕緊說「兩套都要買……」

走出文具店，走入最常光顧的攤販……

「老闆娘，我要一份肉圓，跟一碗四神湯。」

「好，馬上來。」

愛情，能否像點餐，點了，馬上來。

他喜歡嗎？

二〇一五年十二月二十四日，聖誕夜的東海，異於往常的寂靜，剩下一片喧囂。它不是東海大學，而是東海瓦舍，有各式各樣的時尚裝扮，有美不勝收的藝術裝置，有琳琅滿目的表演活動。

我呢？一人在宿舍，其他人早就與男友約會去了，而本來相依為命的大四學姐，這一晚也有伴了。除了替她開心，也替自個難過。十分鐘可以完食的美味泡菜鍋，竟然耗近一小時，食之無味的結果，打破最久完食的記錄，前次記錄是三十七分鐘，在兩年前，那時是因為胃痛。

十點多了，外頭的校園，仍舊很熱鬧。

正想像牢牆外精采世界的我，被開門聲驚醒……

「又語，妳果然還在。」學姐從半掩門裡，邊探頭邊說。

「走啦！別待在寢室了！」學姐催促著我。

「怎麼了？學姐，你的伴呢？」我疑惑地問，深怕學姐又沒伴。

「別問，走啦！」學姐一把捉著我的右手，要半強迫地挾持出門。

「學姐，我拿件外套。」擔心身體經不起酷寒，我大喊著。

隨後順手拿了桃紅素面外套，邊走邊穿上。

經過穿廊時，一陣寒風迎面而來，不自覺地將手放進外套口袋。

「咦！是昨天買的書籤，還放在口袋裡。」

這時，我們已跨過女生宿舍大門，而學姐朝著兩個男生走去。當距離縮短到可見臉孔時，我嚇了一跳，他怎麼會出現在這裡？另一個男生，牽挽起學姐的手，兩人笑瞇瞇的看著我，而他低頭不語且一臉尷尬。

四人，一對熱戀中的情侶，一對不是情侶的男女，走進滿坑滿谷的人海裡。

越接近十二點，周遭的男女老少，情緒就越亢奮，因為年度的重頭戲，即將開始，畢律斯鐘樓有倒數計時的百響鐘聲。

「我有東西要給妳，」他突然轉頭說。

「是筆記本，不僅封面是《詩經．關雎》，內頁邊緣處也有詩文……」他接著又說。

「這個，送你，當回禮。」我拿出已有溫度的書籤，遞給了他。

這一夜，畢律斯鐘是否有敲下百響，我完全記不得。

「他喜歡嗎？」我的心裡，只是重複想著。

今夜過後，他會像《詩經》裡的男子，寫下睹物思人的詩句嗎？

「自牧歸荑，洵美且異。匪女之為美，美人之貽。」

……

「再見！」我微笑說著。

「再見！」他也微笑說著，不過仍舊帶著一點點的害羞。

還是到了曲終人散的時刻，看著他的背影，隱沒在人群之中。走回宿舍，坐回書桌前，隨意按了筆電的一個按鍵，螢幕由黑轉白。三天前開啟的新文件，檔名仍舊是「新增Microsoft Word文件」，不過，隨著手指輕舞，文字已彩妝成「靜女二〇一五」。

作者小傳

施盈佑，一九七六年生，臺灣臺南人。東海大學中文系博士班畢業。喜愛研究與教書，有時寫寫不高明的文章。現為流浪博士，於東海大學、靜宜大學、臺中教育大學、勤益科技大學、朝陽科技大學等校兼任授課。

女孩

高依翎

1

她是一個歌聲如鳥兒般嘹亮清麗的女孩。

她最奔放的時候，就是唱歌，但有時候，她會帶有一絲害羞靦腆。

她的歌聲，總在你心房最柔軟的時候，像水流般繞過你的耳際，然後開出花朵。

在夜裡一次又一次的縈迴，總讓你捨不得和她的歌聲道別去入睡，於是伴著它徹夜未眠。

噢，

其實你只是想和這唱歌好聽的女孩，做個普通朋友。

其實你只是想看見她歌唱時的神采飛揚，所以寧可忍受身邊的喧鬧、旁人的不看好。

「她不適合你。」

即使如此，你仍日夜思念這女孩。這個你永遠也不可能得到的女孩。

2

你們相約在城市的一角，而她遲到了。

原來，她偷偷地觀察你很久了。

慧黠但偶爾會遲疑的女孩，

希望你因為她的遲來而心平氣和，這樣她才可以看到你的穩重；

卻又希望你因為等不到她而焦灼難耐，這樣她才可以感受到，她在你心中的份量。

好一個愛捉弄人的女孩啊。

「欸，我想要送你一個禮物！」女孩燦笑。

「你想要送我什麼禮物？」你報以女孩溫柔的微笑。

「我就是你最好的禮物啊！」女孩大笑。

而你和女孩相視而笑，一同為這個三八阿花而捧腹。

良久，你終於忍住笑聲，回她一句：「很好，我喜歡這個禮物。」

「我可以唱一首歌送給你，無論是快樂、或是悲傷的歌，我都願意為你歌唱。」

3

女孩這麼說。

「那麼，請為我唱一首思念。」

你不禁被她的歌聲，又帶到那條曲折蜿蜒的河。

而她站在水中央的沙洲，彷彿那就是她的舞台。

她的舞台，是一座孤島。

「女孩，妳思念著誰呢？

「妳思念的人，會是我嗎？」

女孩即使那樣開玩笑說著「把自己送給你」的話，

其實她的心裡，從來就沒有想要屬於誰。

也許，是因為她還沒有遇到對的人；或者，是因為她一直遇到錯的人。

「女孩，我會是妳對的人、還是錯的人？」

和著她的歌聲，你在心底輕語著。

夢醒了，你才發現，原來你只是做了一場非常美的夢。

那個可遇而不可求的女孩，也許，她會在明天的課堂上對所有人問候，但今晚，她在上古的書卷裡，只對你一個人微笑。

作者小傳

高依翎，東海大學中文系四年級學生。此作為〈關雎〉、〈靜女〉與〈蒹葭〉的改寫，以極短篇呈現《詩經》的重要主題「女孩」。情愛一直都是詩歌永恆的主題，自《詩經》起始，直到現在，我們仍為此書寫不輟。

冬日風景

吳謙

〈齊風．雞鳴〉

雞既鳴矣，朝既盈矣。匪雞則鳴，蒼蠅之聲。

東方明矣，朝既昌矣。匪東方則明，月出之光。

蟲飛薨薨，甘與子同夢。會且歸矣，無庶予子憎！

一睜開眼，便看見模糊的光團從靛紫色的天空升起，然月亮卻還若隱若現地掛在天空一角。薄薄的陽光細細地灑進房間，冬天的早晨。

新鮮而冰冷的空氣伴著陽光灌入房間，擦過臉頰、鼻頭。好冷，我反射性縮進棉被裡。早晨的寒氣更凸顯出被窩的溫暖，彷彿整個宇宙的能量都在裡頭，在這柔軟舒適、飽含熱氣的暖被中，我蜷曲得如尚未出世的嬰兒，安詳且幸福。「滴滴、滴滴、滴滴滴——」煩人的鬧鐘突然不識時務地響了，我迅速地將它關掉。沒有人可以讓我離開這裡，沒有人，就像沒人會殘忍的要蝸牛或烏龜離開牠們的殼，這麼做簡直是天理難容！當我正想闔起眼睛，繼續當一隻充滿宇宙能量的烏龜時，一個微弱沙啞的聲音在我耳邊響起：「喂……妳不是要去讀書會……嗎？」原來是剛醒的小沛。「對……啊。」我隔著棉被悶悶地回答。

「衣服……。」要不是認識小沛太多年，我大概會以為這是某種夢囈，但其實這是為了不損耗熱量地叫我起來換衣服。

「再……一下下……天還暗。」儘管我知道再過一會兒天就完全亮了，但在被窩裡哪怕只有一片刻也是處於極樂的天堂。

「妳再躺下去就不會醒。」

「我會……醒……的。」嘴巴不由自主做著空洞的承諾，意識卻早已一腳跨入夢的邊境……。

「起床啦！剛剛鬧鐘不是響了？」

「有嗎？妳聽錯了吧？」我連打了幾次哈欠。

「妳這次再遲到，學姊就真的會生氣了。」小沛緩緩的說，「而且昨天我已經被小妮拜託一定要叫你起床，妳知道她發火時是很恐怖的……。」

「嗯……好啦！我醒了，真的。」我慢吞吞的爬出被窩，發抖的隨意抓起一件衣服迅速套上。

唉！冬天的早晨。

〈秦風．晨風〉

鴥彼晨風，鬱彼北林。未見君子，憂心欽欽。如何如何？忘我實多。

山有苞櫟，隰有六駮。未見君子，憂心靡樂。如何如何？忘我實多。

山有苞棣，隰有樹檖。未見君子，憂心如醉。如何如何？忘我實多。

讀書會時，阿條偷丟了一個小紙條給我，打開一看發現裡面以歪歪扭扭的字寫了首《詩經》的〈晨風〉，我忍不住笑出聲。主持讀書會的學姊瞪了我一眼，「那麼，我們就請郁庭說一下對米蘭．昆德拉這部新作品的看法。」還好我昨天有事先做好筆記，因此講得出一二。學姊聽完後看了我一眼，「郁庭今天蠻準時的嘛。」

「呃……對啊。」我只能不好意思地傻笑。

「好了，還有沒有人有不同的看法或問題要提出？沒有的話今天的讀書會就到這裡，下次的範圍是……。」

「幹嘛給我這個啊？」讀書會解散後，我立刻將這小紙條丟回給阿條。

「『未見君子，憂心欽欽』，身為組員的我可是憂心忡忡啊！怕妳創下三次遲到的記錄。」

「我今天不就準時來了嗎？『如何如何？忘我實多』，我可沒忘記你。」

「沒忘記我，只是忘記讀書會而已。」阿條笑嘻嘻地調侃道。「但沒想到妳竟然還回答得出問題。」

「我遲到不代表我都沒做功課，而且我只是睡過頭，並沒有忘記。」我沒好氣地說。

「唉！小沛真可憐，當妳的室友還要像保母一樣叫妳起床。」我還來不及回嘴，小妮就冷不防地出現在我身邊，「妳終於準時現身了。」

「是啊，多虧小沛叫我起床。」

「是我千叮嚀萬交代她無論如何一定要讓妳叫醒好嗎？」小妮白了我一眼接著說道：「我做組長可是很累的，少給我添麻煩。」

「是是，我很抱歉，以後一定會注意。」我陪笑道。「好啦，不要再待在這裡了，我們一起去吃飯吧！」

我們三人一邊聊天一邊走出教室，不時嬉鬧。此時的陽光遍佈走廊，像溢出的甜美蜂蜜，冬日的早晨其實也不壞呢！

作者小傳

吳謙，就讀中興大學中文系，喜歡悄悄的窩在角落閱讀。曾獲蘭陽第十屆青年文學獎散文組首獎。

穿越時空的仲子

王麗俐

將仲子兮！無踰我園，無折我樹檀。豈敢愛之？
畏人之多言。仲可懷也；人之多言，亦可畏也。

「時間就要到了，仲子就要來接咱們梅子了，媽，可要快點了。」
「就快好了，我再幫她畫個唇線，妝就上好了。」
「我聽到門鈴響啦！誰幫個忙去開門啊！」
「嗨！梅子，這是送給妳的花。」
「謝謝你，仲子，我準備好了，可以走了。」
「等等！你們上車前讓我拍張照好嗎？」
「OK！一二三……，祝你們有愉快的一天！」
「Bye——」

「人都走了，媽，我好像比他們還要興奮哪！我高中畢業時，都沒有像這樣的舞會，而且每個人都穿得很正式的禮服，一定很美！」

「走！走！走！我們偷偷跟去看，我很想看，我連約會都沒有過。喂！老伴，一起去！」

「是學校訂的場地……找到了，在高爾夫球場旁邊的大樓二樓上，哇！你們看，停車場上，一對一對地正在下車的少男少女們，好美啊！」

「我們就停在路邊，坐在車裡偷看。」

「唉喲！太遠了！我們就下車吧！樓下花園裡有長椅子可以坐。」

「這椅子位置不錯，進大門前必經之路，每對同伴都錯失不得我們的注目。」

「不得了！男孩們穿起禮服，個個精神帥氣。」

「哇！件件禮服合適地穿在每個不同女孩們身上，各展風情。」

「看哪！那莊嚴的美麗氣息相互感應著，每個人臉上洋溢著虔敬的笑容，青春的喜悅，實在美得令人感動！」

「那些男孩們多有禮貌啊！女孩們與他們並肩走著多雀躍！」

「唉！我也曾經如此青春過呀！老伴，我們像他們這年齡時是在幹什麼呀！」

「……」

「我記起來了，我在你家餵豬，哼！」

「餵豬哪裡不好？」

「我可也曾是如此一朵花呀！未嫁時，也有人來信追求，也有人探到家門來的，就被家人喊抓賊；說自己要嫁人了，連人都沒見過，赫！可好啦！好好的一個姑娘竟然嫁過去餵豬！」

「餵豬才是實在。」

「爸，媽，好了啦！每個人都用午餐去了，我請你們去吃越南河粉去。」

圍著餐桌吃著越南河粉，越過時代的精神鴻溝，經過時光的長河，一首歌如此響起：

因為愛著你的愛，因為夢著你的夢，所以悲傷著你的悲傷，幸福著你的幸福。

因為路過你的路，因為苦過你的苦，所以快樂著你的快樂，追逐著你的追逐。

因為誓言不敢聽，因為承諾不敢信，所以放心著你的沉默，去說服明天的命運。

沒有風雨躲得過，沒有坎坷不必走，所以安心地牽你的手，不去想該不該回頭。

也許牽了手的手，前生不一定好走，也許有了伴的路，今生還要更忙碌，所以牽了手的手，來生還要一起走。所以有了伴的路，沒有歲月可回頭。（註：〈牽手〉李子恆作詞作曲。）

「回來啦！」

「才十點耶！這麼早就回來了？」

「高爾夫球場大樓花園開到九點就結束了，我們較熟的一群人又去店裡吃冰去了。」

「你們真的一整天都在跳舞？」

「也不是，我們很多時候都在聊上大學的事。」

「仲子是個好男孩啊！」

「是啊，他很『酷』又聰明又風趣、有禮貌又體貼，雖然受邀做舞伴，又穿同色系禮服又送花，旁人也不會認定誰跟誰就是在一起了，我們每個人都有很大的感情選擇空間。」

「但是妳真喜歡他呢？」

「我等，我努力，直到他真的準備好接受我。」

「若他和別人約會妳受得了嗎？」

「還沒訂婚都不算數，我會更努力，不管最後他選擇了誰，我都會尊重他！」

一段回憶隨著高中畢業舞會的落幕而凝結，不僅僅像是一個升起的日落，而且跨越日日年年，一首英文歌在子夜裡唱著：

You came when I was happy in your sunshine.
I grew to love you more each passing day.
Before too long I built my world around you.
And I prayed you'd love enough of me to stay.
If you love me let me know.
If you don't then let me go.
I can't take another minute of a day without you in it.
If you love me let it be.
If you don't then set me free.
Take the chains away that keep me loving you.

梅子，擇汝所愛，愛汝所擇，無懼無畏，無違無悔。汝願候之，吾亦懷之，永矢弗諼。

作者小傳

王麗俐，東海大學中文系三年級學生，喜好探究中西文化之不同，期許自己能對本國文化了解更多。文學中以小品文與武俠小說為最愛，並嘗試文學與書畫藝術結合。

我的淚流回了眼裡〈氓〉

鄭丹倫

〈倒敘〉演唱：黃義達

我們摔碎的杯，
在地上慢慢的痊癒。
你的淚流回了眼裡，
月亮落山太陽升起。
你又退到我的懷裡，
忘記了馬上的狠心，
一切都不覺是夢裡，
一切都不怕會可惜。
合照的相框再一次的被擺齊，
就要搬空的房也恢復了擁擠，

你那張微笑的臉越來越清晰，
我吻落在你的眉心。
在巷口屋簷下還是在躲雨，
人生若真的只停在那場初遇，
回到起點才忘了為何會分離，
只好甜蜜的走下去。
就讓我留在昨夜夢裡，
我分明看得見這場倒敘，
請時光再快點逆行下去，
這玩笑我真的開得起。
就讓我留在昨夜夢裡，
我分明看得見這場倒敘，
讓我能為你呼吸而呼吸，
把你轉過身失憶再愛你。
我們摔碎的杯，
在地上慢慢的痊癒，

你的淚流回了眼裡，
月亮落山，
太陽升起。

聽歌時恰在黃昏，這首穿越時空的失戀倒敘曲在耳機裡單曲循環，直到夕照褪色，月輝漸灑。何時才會月亮落山、太陽升起？讓人不能不徒生感傷。是啊，回到過去多好，我也多麼想回到天真浪漫的童年，可這玩笑我開得起，時光開不起。

〈倒敘〉的敘述主人翁是男生，如果換成女生，再放到幾千年前的周代，那麼和〈衛風．氓〉的寫法有些近似。如果將〈氓〉結合現代元素，仿效〈倒敘〉歌詞改編，那麼應該是這樣的：

好想回到昨夜夢裡，在那裡我的記憶如錄音帶倒帶：月亮落山，河水西流，樹上的雪花飛向天空；雖不寬敞卻整潔大方的屋舍，變成了初到你家時的破舊草房；被淇水打濕的帷裳乾爽如初，我站在頓丘岸旁，與你約定婚期；送我歸家的車是吹鑼打鼓迎娶我的轎，乾涸的淚流回眼中，我雙頰微醺，笑靨如花；我站在高牆上，望著你家的方向，或哭或笑，狀如癲狂；你兇狠無情的目光充滿卜筮時的虔誠嚴肅，燒成灰的龜甲、蓍草寫滿了吉利的卦辭；交換來的布變回了剛織好的絲，你抱著布嬉笑著向我走來。那是很普通很普通的一天，與過去十幾年的任何一個早晨無異，但我卻從未感覺到如此美好，我的命運從此與你捆綁在一起，在那個清晨，一切破碎都癒合如初。

錄音機後退鍵咔噠彈起，露出白色輪盤，退回到不能再退的起點。

那時我們梳著總角，兩小無猜，歡樂無間地玩耍打鬧，我的兄弟們或許在背後指指點點，咥笑著說著讓我們臉紅的話語。就讓時光定格在這裡吧，讓你與我的記憶只充盈著笑聲，純粹、沒有雜質。那時的你還不知道什麼是誓言，更不知何謂變心、背叛。我現在才明白，誓與言都是有口無心的啊！女孩子萬萬不可在愛情中失去理智，沉溺不拔，過於主動會導致難以預料的結局。可是現在回憶這些又有何用？回家後我又何去何從？破碎的心箍得再好，也發不出金子的光輝；比海水苦澀的淚，再也流不回眼裡。

作者小傳

鄭丹倫，浙江寧波人，東海大學中文系四年級學生，喜愛古典文學，尤愛老莊的曠達灑脫，閒暇時間也愛閱讀現代散文。本文的寫作靈感源於流行歌曲〈倒敘〉，它富有創意的寫作手法讓人印象深刻，故嘗試用之改寫〈氓〉。時間、空間、情感上的三重重疊對比，把主人翁被背叛的悲傷表現得更真切、動人。

征戍悲歌

翁耿崇

刁斗初起，軍營裡響起了一片安勻的酣睡聲。身體已是疲勞至極，我卻依然無法入眠。握著懷中帶有體溫的丹荑，想到帳外高懸的秋月，正清涼寂寥照臨著下土，她在故鄉應該已經安然入睡了，手中的丹荑不由自主握得更緊了。經過這幾年各國兵戎相見的春秋亂世，這段丹荑一直被我貼身收藏著，從未有過片刻的失去，也許就是下一場戰役，將陪著我長眠於沙場上。

靜女其姝，俟我于城隅，愛而不見，搔首踟躕。
靜女其孌，貽我彤管；彤管有煒，說懌女美。
自牧歸荑，洵美且異，匪女之為美，美人之貽。

回想起我們相識相戀的那段日子，真是我一生中最美好而且動人的時光。還記得那天黃昏，我們相約在城東南的角樓下，不見不散。我因為家裡事多而耽擱，等我趕到時，並未看到妳婀娜多姿的身影。雖然慢了一些，我相信妳一定不會離去，這是我們一直以來的默契，如果是我先到來，也一定會等到妳來。只是我到來已經一刻鐘了，依然不見妳的蹤影，這從未有過的情形，讓我一時慌了手腳，難道妳已經來過又回去了？還是妳因為家裡的事而臨時不能出來？就在我望著天邊的長日，即將失去最後的光輝之際，妳忽然拍了我肩膀一下，才知道頑皮的妳早就到了，為了看我忐忑不安的模樣，躲在後面不早點出來。

妳從懷中拿出了這枝丹荑，眼中閃爍著光采。且不說上面流動的光澤，讓人看了愛不釋手，更何況這是妳從郊外，花費精神為我辛苦挑的，拿在手上似乎仍有妳的餘溫。在心中暗暗立了誓，有生之年，我一定會好好珍藏這枝丹荑，也會娶妳為妻，一輩子好好待妳。等到我倆鬢毛都發白之際，再拿出這枝珍藏的丹荑，讓妳知道我對妳的愛，就如同它歷久彌新。

終於我倆成親了，新婚後的生活踏實而又甜美，美好的讓人以為將可以如此過一輩子。直到官府一道徵兵令下來，我才知道在亂世中，這實在是一種奢望。這道讓人怨聲載道的徵兵令，就是當初弒兄自立的州吁所下的，為了滿足他窮兵黷武的私心，聯合了陳國、宋國和蔡國，準備一同攻打鄭國。這個勇而無禮的公子州吁，是前任國君衛桓公的庶弟，是上上任國君衛莊公寵妾所生。莊公原來娶了齊國的美女公主，這位美女公主是齊莊公的女兒，也是太子得臣的同母妹妹，由齊嫁衛之時可是當時的大事。還記得國人曾為她寫下〈碩人〉這首詩：

碩人其頎，衣錦褧衣。齊侯之子，衛侯之妻。
東宮之妹，邢侯之姨，譚公維私。
手如柔荑，膚如凝脂，領如蝤蠐，
齒如瓠犀。螓首蛾眉，巧笑倩兮，美目盼兮。
碩人敖敖，說于農郊，四牡有驕，
朱幩鑣鑣。翟茀以朝，大夫夙退，無使君勞。
河水洋洋，北流活活。施罛濊濊，
鱣鮪發發。葭菼揭揭，庶姜孽孽，庶士有朅。

這位公主後來被國人稱為莊姜，她不只身分顯貴，而且美得讓人稱讚不已。她的美除了是外在端莊秀麗的容顏，更重要的是心地也美，唯一令人可惜的就是沒生下子嗣。莊公後來又娶了陳國的厲媯，生下了公子孝伯，不過孝伯早死，後來厲媯陪嫁的妹妹戴嬀，幫莊公生下了公子完和公子晉，這位公子完後來就在莊姜的照顧下長大成人，也在衛莊公去世後，順利接掌國君，成為衛桓公。桓公在位時，對喜歡舞兵弄刀的公子州吁依舊不禁止，終於讓窮兵黷武的州吁謀弒成功，在位不過十六年。不過衛國的動亂才剛開始，州吁才初掌大權，馬上聯合陳、宋、蔡三國，以及在鄭國謀反的共叔段，和他的兒子公孫滑一起攻打鄭國，為了別國的利益，為了州吁一己的權力私心，讓我們從此分離不得見。

擊鼓其鏜，踊躍用兵。土國城漕，我獨南行。
從孫子仲，平陳與宋。不我以歸，憂心有忡。
爰居爰處，爰喪其馬。于以求之，于林之下。
死生契闊，與子成說。執子之手，與子偕老。
于嗟闊兮，不我活兮！于嗟洵兮，不我信兮！

公孫子仲將軍一聲令下，衛國軍隊就向鄭國首都進軍，新鄭在衛國南方，戰事雖然推進的順利，聯軍將鄭國的東門團團圍了起來，然而我的心裡卻沒有太多的喜悅。鄭國的國君鄭莊公並不是一個省油的燈，即使這次戰爭衛國嚐到甜頭，將來鄭國也一定會再報復，各國交相攻伐，有的君主成就了霸業，有的君主落敗了，但是最大的輸家不是別人，而是我們這些不得安居，動輒成為刀下亡魂的可憐平民，不知在哪日就失去了性命。而世事就像難料的棋局，州吁在位不到一年，就被大夫石碏用計騙到了陳國，派了使者將他殺死在陳國，又派了家宰殺了自己參與謀反的兒子，同時派人到邢國，將州吁之亂時避難到邢國的公子晉接回國，成為現任的國君衛宣公。

本來州吁之亂後，衛國可以有一段平靜的歲月，我也能和妳從此回到過去的日子，男耕女織度過一生。誰知還來不及解甲歸田，鄭國又來勢洶洶地準備攻打衛國，這次大戰的後果誰也難以預料。已經快二年沒見到妳一面，家鄉的一切都還平安吧？妳生活上是否能維持呢？我問過自己無數次這些問題，然而卻不可能有任何答案。參戰前的最後一晚，妳在我面前默默流著淚，我想妳是情難自禁，我知道妳也不想增添我的痛苦。我為了安慰妳，拉起了妳溫暖卻顫抖的雙手，用我最誠懇的聲音向妳保證。只是這樣的保證，我心裡卻是空虛的可以，兵凶戰危，誰能保證我一定可以活著回來看妳？誰能保證哪一天才能實現我的諾言？帳外的冷風呼呼地吹著，刁斗聲似乎遠在天邊。驀然間，一行清淚自我眼角流下，心中反覆想到的只是這句話——執子之手，與子偕老。

作者小傳

翁耿崇，出生於臺中豐原，東海大學中文所碩士在職專班學生，從事國小教職工作。有幸漫步在文學的花園，俯拾皆是芳華鮮美，入手猶有餘香。

魂夢中的在水一方

翁耿崇

在千夫長的號令下，千人如被指使的一同起身，動作一致，就像是一部有效率的機器啟動。當我們握緊手上的戈和矛，大步踏向岐山的戰場，準備討伐西戎，將他們佔有的土地重新奪回時，一場連綿經年的戰爭就此展開。這一場和犬戎族兵戎相見的連綿戰爭，相信不是一、二年內就可以揭曉結果，身旁的袍澤們和我自己，也許沒有機會再度歸來，但我們沒有一人害怕與畏懼。

豈曰無衣？與子同袍。王于興師，脩我戈矛，與子同仇！
豈曰無衣？與子同澤。王于興師，脩我矛戟，與子偕作！
豈曰無衣？與子同裳。王于興師，脩我甲兵，與子偕行！

前朝的周天子在位時政治腐敗不說，還為了讓最寵愛的妃子褒姒開心，曾經多次用烽火欺騙諸侯，讓各諸侯的軍隊到京師救援的舉動，最後變成一場間接導致亡國的笑話——使各個諸侯從此不理燃天的烽火。於是當申侯聯合繒國和犬戎的人馬殺進鎬京時，沒有等到任何諸侯來勤王的天子，被犬戎殺死在驪山的山腳下。幸好新的周天子即位了，為了躲避犬戎持續的騷擾，天子將都城東遷到雒邑去。秦君因為派兵護送天子有功，被封為諸侯，從此我們秦人也有了獨霸一方的局面，天子並向君上承諾說：「只要秦人能趕走西戎，那麼被佔領的岐山、灃河之地，就歸秦國所有」。於是和西戎這些野蠻民族的生存之戰，於焉開展。

這次和西戎作戰的秦軍中，除了為數不多的輕車兵，和擅長在平原衝擊戰的騎士之外，作戰主力就屬我們人數最眾的材官（步兵）了。不管各種複雜的地形或天候，我們重裝步兵身穿鎧甲，手持戈、矛戟等長柄武器，配合手拿弓、弩等遠射武器的輕裝步兵，只要遇上西戎人的兵馬，肯定給予這些佔領我們華夏土地的蠻人致命一擊。各級長官總是身先士卒，指揮屬下的部隊作戰，千夫長之下有二位五百主，各自率領五位百將，每位百將手下各有二屯的兵力。一屯有五十人，由屯長領導，率領五什的兵力，十人稱為一什，由什長指揮，一什有二伍，有二個伍長編制，伍長就帶領著我們其他四人，一同浴血殺敵。無論進攻、防守、包圍或是襲擊敵方，我們五人一同出生入死，奮力求生，不管是在值勤、警戒、巡邏等各種任務中，五人不曾分離。因此除了生我養我的父母之外，生命中最重要的人，肯定是這些生死與共的袍澤了。

這群同袍都和我來自同鄉，彼此關係又更血濃於水，畢竟人親土更親。其中二人還是父子，就是伍長和他的大兒子。說起他的兒子雖然才剛滿二十歲，但在戰場上的英勇是有目共睹的。打起仗來精勇驃悍，總是搶在我們前頭，一副悍不畏死的模樣。伍長就算嘴上不說，我們一眼都看得出來，他對這個兒子充滿讚許，將來光耀門楣就靠他。我們秦人在東方各國的眼中，一向總被形容是質樸無文，意思就是比不上他們的文化水平。但是在我看來，秦人的穩重、厚實，說一是一、不文過飾非、重義輕生正是我們的優點與長處。就像我身旁這幾位袍澤，平時說起話來常辭不達意，甚至有些結結巴巴。可是一旦打起仗來，每個都是為旁人捨生忘死，互相救援的好伙伴，如果不是這群同生共死的袍澤，也許我早在之前的戰鬥中就喪生了。也說不定在這場和戎狄的戰爭中，真的有勝利還鄉的一天。

回想起當初在家鄉的那段日子，久遠的彷彿已是上輩子的事。每天辛勤地在田中耕稼，日子過得有點苦，卻也讓人心裡相當踏實。只要付出就會有收穫，即使偶爾遇上荒年的日子，宗族的互相照應下也還捱得過。雖然日子平淡無奇，我心想能如此過完這一輩子，也算是平安幸福。只是蒼天不遂人願，大地依然是舊日的大地，家園卻因犬戎等族的入侵，一夕之間打破昔日安逸的歲月，就為了讓家園和鄉親重拾往日平和的生活，在父母的不捨和鼓勵之下，我毅然回應秦君的召集，投入這場保家衛土的戰爭之中。

個性平淡如水的我，自幼就對生活沒有太多奢求。就算一向和我相熟相親的同袍，也說不出我對生命有任何的不滿，或是有什麼樣的目標，日子就如同渭水淌過秦川平原一般，如此的自然與平靜。如果說在我的有生之年中，曾有過任何的波瀾起伏，我想，也只有在入伍前的白露之際。要回想像前世一樣遙遠的那段記憶，就像喝下孟婆湯的人，即使靠可以喚醒輪迴混沌的神通，依舊令人覺得虛幻而不真實。

蒹葭蒼蒼，白露為霜。所謂伊人，在水一方。
溯洄從之，道阻且長。溯游從之，宛在水中央。
蒹葭萋萋，白露未晞。所謂伊人，在水之湄。
溯洄從之，道阻且躋。溯游從之，宛在水中坻。
蒹葭采采，白露未已。所謂伊人，在水之涘。
溯洄從之，道阻且右。溯游從之，宛在水中沚。

輕霧瀰漫在深林間的枝椏處，我踩在秋日早晨的草地上，白霜沙沙的聲響，在腳下迴盪成有節奏的音律。空無一人的鬱鬱樹林，靜美的不像存在村莊的景色，而是一處遠離凡塵的仙境。會起得如此之早，似乎是因為前一晚的輾轉反側，念及父母往後無人幫耕的無法成眠，然而細細的思量自己失眠的原因，卻隱含有一絲絲的惆悵與遺憾。那是一雙柔美且深情的眼神，不時地在我心海深處顯現，溫暖平靜，可是又不失堅定的敦厚，一如秦川大地的滋養眾生。

就是這樣的一雙眼神，不知不覺間，早已輕緩溫柔地攫取我的一塊心田，悄悄地越過人群和曠野，繫上一條無形卻又堅韌的絲線，而今日這樣一個灑滿白露的秋日清晨，我又見到了這雙眼神的主人。

我的腳步聲由從容的行板，漸漸地加快到中板和稍快板，妳的身影依舊在我前方的一箭之遙，彷彿這段距離永遠不會消失。蘆葦和荻草在樹林和河岸間緩緩擺盪著，像是無數對著初升秋陽揮動的雙手，而薄霧仍未散去。妳的身形出現在渭水之旁，我想逆游追上妳，河畔高低起伏的壘石，讓我無法出現在妳的身旁。當我想順流趕到妳面前，一陣短暫的迷惘清醒後，卻看見妳似乎走到了水中的小沙洲上。

妳我彷彿輪迴中約好在今生相會，其實住在鄰村的妳，並未和我說過什麼話，一切僅僅是曾隔遠的片刻凝望。靠著這塵世裡不過是呼吸般短暫的交會，於我卻像是百轉千迴後，驀然回首，那人卻在燈火闌珊處。這樣的會面就如同醞釀了千年之久，在吐盡縛緊我倆的情絲之後，方可一解相思之意。我懂得妳眼中的思慕與堅定，無需任何語言，任何語言亦屬多餘。熟悉親切的感覺再度油然而生，就如同人間初相遇的那天。

前方就是犬戎盤踞的岐山西面，千夫長已下達了誓死殺敵的攻擊命令。和同袍一起喊著低沈雄渾的前進口令，旌旗在大風吹襲下翻飛。無論此戰是生是死，我的夢魂早已牽繫故土，早已歸屬那水湄的深情雙目。

作者小傳

翁耿崇，出生於臺中豐原，東海大學中文所碩士在職專班學生，從事國小教職工作。有幸漫步在文學的花園，俯拾皆是芳華鮮美，入手猶有餘香。

〈采薇〉

徐巽豪

周宣王　五年

「我們什麼時候才能回去啊？」季銘已經受不了困苦的軍旅生活，忍不住出聲抱怨。

「還有，你不要再嚼那枝野草了啦！有那麼好吃嗎？」

「沒辦法，我不想再吃軍糧了，偶爾換個口味也不錯啊！哈哈，回去？將軍不都說了『玁狁未除，何以為家？』往好處想，我們可是保衛家國的英雄啊！」佚樂觀的安慰戰友。

雖然他心裡也知道，將軍說這話從他們入軍到現在也已經過了好幾個月了。

「是啊！英雄，但我們可不曾奢求過如此殊榮啊！」原本是貴族出身，被迫踏上戰場的季銘嘲諷著。

「你已經比我好多了，起碼長官還會關注你，別再說了吧！百夫長在瞪我們了。」和季銘不同，家中世代都是農民的佚無奈地提醒隊友。

他心裡面也掛記著在家中新婚不到三年的嬌妻，不知道弟弟可有好好照顧她？將軍到村子裡面徵兵的時候，他請求將軍放過年紀較小的弟弟，自願踏上了戰場。這份勇氣也讓將軍對他另眼相看，特別拉拔他當上小隊長，與貴族出身的季銘等子弟平起平坐。

而佚也沒有辜負將軍的期待，在幾場戰役中都表現突出，奮勇殺敵。雖然如此，他還是十分想念家裡的妻小與幼弟。臨別的場景依然不時浮現在眼前，影響他的思緒。

「後面的兩個小隊長，不要在那裡交頭接耳了，整理裝備，我們要繼續行軍。」佚才剛回想起妻子的容顏，百夫長的聲音就傳到耳邊，催促他們趕往下一個戰場。

周宣王　十二年

「季銘，小心！」佚飛身打落敵人準備刺入季銘右腋的長矛，但自己也因此被遠方的弓箭手射中左肩。

「你沒事吧？佚！」季銘解決眼前的敵軍後，匆忙趕到佚身邊。

「還行，可以繼續戰。」佚吃力地站起身，隨手撕下血跡斑斑的軍袍衣角，把左臂綁了起來。原本就沾滿鮮血的軍袍，立刻就被染成深紅色。

「佚，我這條命是你冒死救回來的，我這輩子不會忘記的。」

「呵，先等我們撐過這次再說吧……同伴們！再撐一下！將軍很快就會帶著援軍來了！」佚和季銘所帶領的三百人小隊遭受到敵軍的突襲，被對方用千人的兵力包圍在這座丘陵已經有一日多了。

敵軍如潮水一般，一波又一波的衝擊他們小小的營地。軍糧已經消耗的差不多了，現在支撐他們抵擋敵軍攻擊的只有毅力與季銘他們這些軍官的保證，情勢陷入僵局，所有人都在等待派出去的信使能帶回援軍的消息。

「將軍什麼時候會到呢？」季銘已經逐漸喪失了希望。

「誰知道，我們要相信將軍。」佚一邊嚼著薇草一邊和季銘對話著。

「佚啊！你有兒子嗎？」

「怎麼突然問這話題？」佚想起家中的妻子不禁臉色黯然。

季銘敏銳的察覺到佚的心境變化，連忙道歉：「不要難過啦！佚，你的妻子說不定正在家中等你衣錦還鄉呢！我只是想到昨天要不是你，我早已把命丟在戰場上了，我又沒什麼好報答你的，只是剛好前些日子接到妻子的來信，說我們家裡多了個女兒，我想說若你有兒子，便可和我女兒湊成一對。」

「季銘你說的可是真的？你知道我只是一介平民而已啊！這……」

「當然是真的，命都交給你了，把我的女兒交給你兒子又有何不可？」

「嗯……如果我們能夠平安返鄉的話，就這麼辦吧！」

佚突然起身，盯著遠方的一個小點高喊：「弟兄們，將軍來了！我看見將軍的旗幟了！讓我們殺出重圍去與將軍會合，殺啊！」這支傷亡慘重的隊伍，終於等到了援軍。

在戰後分發獎賞時，將軍特別表揚佚和季銘所率領的小隊，他們因為堅守重要的戰略地點而成功的切割敵軍，終於使周王朝獲得暫時性的勝利。將軍還特別把從玁狁酋長身上拿到的皮裘與周朝稀有的象牙弓賜給他們當獎賞。季銘也覺得與有榮焉。

他們在營火旁歡慶的時候，季銘興高采烈地對佚說：「我們這下是真的可以衣錦還鄉啦！光是你我拿到的象牙弓就可以讓子孫們當作傳家寶流傳了。我們等著將軍宣布班師回朝的好消息吧！」

佚雖然現在是覺得光榮的，但他還是忍不住皺起眉頭對季銘說：「將軍都還沒宣布呢！你就在這邊胡說，小心將軍到時候罵你洩漏軍機，罰你不准參加慶功宴啊！」

佚心裡面也覺得，這長久的征戰終於結束了吧！但他們沒想到的是，將軍帶領的軍隊勝利的時候，周朝王都的守衛隊，卻遭到更嚴重的突襲。雖然將軍帶領的部隊及時收到消息趕回都城，但是卻來不及挽回王都周圍千萬人民的性命。於是，漫長的烽火又在邊境上點燃了起來。

周宣王 三十三年

「可有食物？」季銘氣若游絲的對佚問。

佚默默地不說話，只是拿出掛在身邊的酒壺，搖了搖裡面的濁酒。

季銘也無力道謝，只是拿過了酒壺就一口灌下去，然後激烈的咳了好幾聲。

他們的部隊在漠北撤退的時候迷了路，在這片黃沙滾滾的大漠上遊蕩了好幾日了。

當年他們跟隨的將軍已經橫死在戰場上了，屍骨未寒他們就倉皇南遁。

玁狁又聯合其他外族從背後追趕，佚所屬的部隊裡剩下的人逐漸減少。而他們沿路所見的景色也越來越陌生。

每個人的臉上只剩下三種表情在切換，恐懼、疲憊與茫然。

而初雪，彷彿懷著惡意般落下。

終於，在玁狁最後一次追上他們的時候，他們的部隊崩潰了。

所有人都只自顧自的奔逃，也顧不得方向是哪邊，天南地北只要遠離刀口就好。

佚再冷靜也無法穩住情況了，季銘卻在風聲鶴唳的茫茫軍旅中失散。

對佚而言，這世界正在滅亡的邊緣。

周宣王　三十四年

時間，早已喪失。

佚不記得自己與隊伍失聯幾旬或幾個月了。

他只知道，雪一直在下，天地永遠是一望無際的白。

餓的時候，拔下路旁的薇放進嘴裡嚼著；渴的時候，捧起一手雪，待它緩緩化成水再搁到嘴邊喝下。

他一直在走著，踽踽獨行。他相信只要走的是直線，總有一天能見著人家；而有人煙的地方，他就能問出家鄉的方向。

雪地埋下他歪斜的腳步，是一串長長的刪節號。

然後，線斷了。斷在視野可及的紅點之前。

「相公！快出來看，雪裡好像有個人影啊！」是個女人的聲音，遙遠的在那邊響著。

「快帶我出去！他在哪裡？會不會是爹？」熟悉而成熟的語調，我一定見過他。

「唉，我爹都說他們當初失聯都好幾個月了，爹現在也走了，相公你就不要抱著太大的期待吧……」

「娘子，先救人要緊吧！來，幫我把他抬進去。」

佚睜眼，朦朦朧朧的看出他躺在一張床上，而床則位於一間草屋中。

「哎呀！您醒來啦！先躺著我拿粥給您喝。」之前聽到的女聲在他耳邊說著。

佚轉頭過去，正好瞧見她離開床邊的背影。

「薇兒，別走……我會留下來的。」佚情不自禁的伸出手叫喚著那影子。

那女子聽到聲音，緩緩轉過半臉來，看見手垂下去的那一幕。

周平王　二年

「你說的就是這兩座墳的故事？」一個年輕的將領詢問底下的小兵。

「是的，季將軍。但這只是一個當地的傳說，不一定是您想找的那兩人。」小兵惶恐的回答將軍。

「無妨，這也是個保衛家國的勇士啊！且替這兩座無名塚蓋座碑吧！」將軍看了看陰沉的天空，指示著手下。

「將軍，那要把那首流傳的詩句也刻上去嗎？」士兵恭敬的請示將軍。

「什麼詩句？」將軍立刻回頭問過小兵。

「據傳是那戰士死前所作的，詩名〈采薇〉。」

將軍聽了良久不語，等到雨開始下起來，他才悠悠吐出一句：「刻上吧！」

作者小傳

徐巽豪，現為東海中文系三年級學生，一九九五年生。喜好詩歌及電影，近日在探索現代詩的領域，偶有奇思妙想。

擊鼓其鏜

蔡永傑

前幾日再訪故宮，望著櫥窗裡的青鋼寶劍，我閉上雙眼，然後冥想，想起這首詩。

擊鼓其鏜，踴躍用兵。土國城漕，我獨南行。
從孫子仲，平陳與宋。不我以歸，憂心有忡。
爰居爰處？爰喪其馬？于以求之？于林之下。
死生契闊，與子成說。執子之手，與子偕老。
于嗟闊兮！不我活兮！于嗟洵兮！不我信兮！

咚咚咚咚！戰鼓頻催，是誰在打響那隆隆鼓聲？
我站在城樓上，望著城下的一切，城下的敵軍各個身穿鎧甲，冒死衝刺著，即便我方不停地用弓弩射發，他們的士氣依舊旺盛，即使倒下，目光也燃著熊熊烈焰，看到他們那種視死如歸的決心，我的手開始發抖，腿也不聽使喚。

為何要戰？為何而戰？能夠永久和平，不是很好嗎？我心中畏懼，卻也逐漸熱血沸騰，不行，我不能死，縱使敵軍個個像是牛鬼蛇神，我也不能死在這裡。

還記得那天，我和妻子共聚於城南。

「妻，快走吧！不久，北方宋國大軍即將攻入，到那時，妳想走也來不及了。」

「不，我不走，你生我亦生，你死，我必不獨活。」

「車夫，駕車吧！將她送到南方沒有戰亂之地，永不回來。」

「是的，周玉大人，我必會誓死保護夫人的安全。」

「不要啊！你難道忘記你說執子之手，與子偕老嗎？」

望著她憔悴的容顏，我的淚如斷線的珍珠，心中堅硬的牆終究是崩潰了，淚如雨下。

「不，妳走，別再回來！」

「駕車，快！」

馬車逐漸消失在原野，北方城郭狼煙已起，妻子，如我現在留下妳，恐怕我們真的會死無葬身之地，如果妳能遠離戰亂，就別再回來！

咚咚咚咚！戰鼓頻催，是誰在打響那隆隆鼓聲？

城樓下的宋國大軍已經使用攻城車不停地撞擊城門，如果再不抵抗，我方城池必破，敵軍也會殺入城池！

「周玉大人，宋軍必入城中，請大人速速退到內城，如不退，必有難！」

「不！我偏不退，拿起玉瓠，我要飲酒，死也要死得從容，死得慷慨。」

亂箭射穿鎧甲，射殺了一旁的傳令兵！

我將玉瓠舉起，摔碎。然後提起青鋼寶劍，衝向那即將粉碎的城門，步伐沉重，蹦蹦蹦，彷彿每一步都是為了自己的生命而豁出去，為了我的摯愛的妻兒拚了老命。

「眾位將士們，和我一同衝向大門，抵擋那些可恨的宋人吧！」

「是。」

「蹦。」終於，那高聳的城門被撞得粉碎，宋軍殺入。

「啊啊啊啊！」殺聲震天，宋軍個個身穿赤黑鎧甲，手拿青銅刀刃，一刀刀刺向城內那些手無寸鐵的百姓們。

「大人救救我們！」

我氣急敗壞，望著那些不顧仁義的宋軍，提起青鋼寶劍，劈頭就砍，宋軍個個被殺得人仰馬翻。

「咻咻咻」耳邊一支支弓箭射穿空氣，是肅殺的氣息。屏息凝神，等待的就是要保衛家園。

終於，敵軍大將殺入，那是一位滿臉鬍鬚、身長高大的宋國貴族，他的劍法精妙，刀刀折殺我軍將士數十人！

我提起青鋼寶劍，向他撲殺過去！他一腳踢向我的心臟，我嘴角流出血絲。妻，我的妻，我即將死於此地，妳就再找個良人吧！

我奮力爬起，手中揮舞著青鋼劍，抱著必死之心與他決戰！

他的刀鋒冷冽，多次要取我要害之處，我的纓帶被勾破，戰甲被削碎，腿部流出鮮血。而遠方旌旗蔽空，戰車鐵馬嘶嘶鳴叫，戰士們爭先肅殺，我方陣行已經混亂，我的手發抖著，揮向宋軍大將的戰甲，縱使右手已經失去知覺，左手依舊奮力奮戰！

天空嘎嘎叫著，是烏鴉嗎？抑或是上天派來迎接我的使者，我口吐鮮血，而那戰鼓依舊咚咚咚響著。

咚咚咚咚！戰鼓頻催，是誰在打響那隆隆鼓聲？

死後我的靈魂會到哪處呢？會化成鬼雄嗎？還是飄向那南方妻子所住的地方？我剛勇嗎？即使身首分離，也不過是短暫的吧？

鮮血染紅戰袍，我的鼻腔灌注著熱血，眼睛也留著鮮血，七孔流血！

死會到哪處呢？

妻子再會了！我美麗的故土啊，再會了！

宋軍大將一刀劃破我的咽喉，鮮血流出，我早已魂魄離身。

死後會到哪處呢？

「死生契闊，與子成說。執子之手，與子偕老。」

我微笑，望著那蒼藍的天空，烏鴉依舊嘎嘎叫著，然後我倒下，不放心的看著眼前的殘破家園。

那美麗而荒唐的誓言，我終究是做不到了。

眼睛流著淚，再次睜開，我不過是身處在茫茫人海中的一蜉蝣，又有誰會記住我？眼前的青鋼寶劍依舊削鐵如泥，而寶劍的主人何在？

沒了，是非成敗轉頭空，青山依舊在，夕陽幾度紅。

作者小傳

蔡永傑，就讀東海大學中文系三年級。平時喜歡看看古物，品嚐美食，或到跳蚤市場掏掏寶，然後享受人生！也喜歡上臺發表意見，以及談論學問，目前在弘光科技大學擔任教學助理，希望以後能擔任記者、主播，或是大學教授。

〈東山〉臆想

陳冠中

「噗。」又一個人倒下。

他趴著，勉強將頭轉到了一邊，劇烈的喘息著。泥水自他的臉龐流下，與血污混在一起，稀微的雨水沖不掉任何東西。他試圖站起，但手腳只是微微動了動。

同袍沒有任何反應，那怕是看他一眼。泥水同樣在他們暗紅色的衣甲上流淌，青銅器上的最後一絲光輝也被埋葬。他們沒有停留，持續前行，空氣中只剩下喘息與沉悶的腳步聲。

他們的瞳孔沒有焦聚，如同玩偶，只有時不時閃過的一絲色彩，證明他們是活的。

有時候存活與否，無關乎肉體或意志，而是一絲念想。

過了一會兒，他勉強翻了身。躺在泥水裡，呆呆地看著烏雲密布的天空。他知道，這裡是自己的末路。

窗外的風景飛逝，卻沒有人在意。她只是抱著他，靜靜地流淚，一句話都說不出口。在她的對面，她的姊姊看著她，手裡捧著一個小爐子，捻著一支香。時不時，她的姊姊喃喃的念道：

「靖明、靖明。」她得替妹妹呼喊，不然，他會找不到回家的路的。

火車一路從臺北經過臺中、臺南一直到屏東。

她就只是哭，一路哭到家裡，到家裡還是哭。她把他放在桌子上，抱著三個孩子，繼續哭。孩子不懂發生了什麼事，但是大人哭了，他們也哭。

過了幾夜，她再也流不出眼淚。她親自抱著他，將他埋葬。

回到了家裡，孩子累了，睡著了，她在坐在床邊，看著他們的睡臉。

「妳還年輕，改嫁吧，不然一個女人，怎麼過活？」

「那孩子呢？孩子怎麼辦？」

「送到蔣宋美齡那裡吧，對他們也好，不然你一個人，養得了三個孩子嗎？」

她低著頭，沒有說話。

他的手，危危顫顫的，伸進衣服裡，摸索著。

找了很久，才拿出一塊帕巾。一點兒都沒有髒，只是微微濕了些。

他已經不太記得她的模樣了。只記得，她穿著大紅色的衣服，在黯淡的燈火裡，她的臉若隱若現，看不清楚。

「她還好嗎？」

「家裡又如何了？」

「她還在等我嗎？」

「不知道爹娘怎麼了。」

思緒在他的腦海裡打轉，越來越多，瞳孔裡的色彩卻越來越淡。他握著帕巾，放在胸口，像是睡了去一樣，嘴角掛著笑容。

這裡也不知道多久沒有人來了，長滿了野草。一座座墳墓散落各處，沒有一絲規律。大多數的墳都已經被挖開了，水泥塊和磚石散落到處都是，連落腳之地也沒有。

她看著他的墳。

「時間已經過去多久了？」她想。

「三十年？還是四十年？」她有點忘了。

捻著香，她在他面前喃喃的說：

「我們來接你了。」

「你有看到嗎？國平來看你了，那邊那個是媳婦，後面那三個是國平的兒子，國明的兒子也來了，大家都來了。」

「今天來要幫你搬家，搬到我們那裡去，跟著大家都在臺中住，比較方便。」

……

她說了很多，重複了很多次。

她不知道，他到底有沒有聽到。

作者小傳

陳冠中，就讀東海大學中文系三年級。喜歡看小說，聽音樂、書寫文字。

矢車菊盛開的夏天

賀媛霞

一

那一年盛夏，花開的恣肆汪洋。漫山漫野的矢車菊湧到我家門口，攀升到籬笆上匍匐的爬山虎的腳上。嬌嫩的花瓣在晨風中微微呻吟，風撩撥著花蕊，蜜蜂飛過，蘸走那一抹香氣。陽光正溫情，那一年，我十五歲。

粗布葛衣擁裹著我正在發育的身體。

阿哥的大白牙在驕陽下閃閃發光，黛青色的山巒掩映著青青蔥蔥的小水湖，一汪泉眼，清澈見底。棕色的一身肌肉撐挺直了他的身軀，土灰色的葛布隨著他的一呼一吸而上下起伏。毛頭小子，鬍鬚剛硬。「阿媽，剛織的。」他抱了一匹布，針腳細密。不留意間眼睛滾燙燙的照到我這裡，盛夏的驕陽灼傷了我的皮膚，我轉身走進屋裡。屋裡的光線灰暗，我感到一陣陣眩暈，胸膛咚咚咚像是在敲鼓。等適應了屋內的光亮，我趕忙扶好適才因為慌亂打歪了的蠶筐。

他在我眼中變了，我們再也回不到從前了，訝異中我有些傷感。過往的一幕幕又在眼前腦海混亂成一團，既陌生又熟悉，像喝了一大碗酸梅湯，是酸的，是甜的，又有一股莫名說不出的味道。我說不清是什麼，只感覺身體在突突的生長。有一種渴望漫山遍野，從心底爬出來，纏繞開滿整個心房。

阿哥是我小玩到大的好伙伴，噁心過他甩著的大鼻涕、幫他扣過他滿臉污泥、咬過他剩下的玉蜀黍、看著他缺的牙齒一顆顆長齊。抓老鼠，掏野雞，剝蓮蓬，敲蓮子，野蠻而暴力。山南水北，都是我們走過的痕跡。

只是如今再也聽不得他粗重的鼻息，不能看他黝黑的脊背，再也不能回想起那句「我會永遠保護你」，他陌生的音色滋拉拉的刺進我的心裡……

我抑制不住內心伸出的手臂想要抱抱他，狂熱而熾烈。

希望見到他，見到又要躲避他。

我不知道自己怎麼了，或許變的人不止是他。

二

阿哥的眼是一盞油亮亮的燈，他朝我壞壞的笑。他盯著我看，我看到一張陌生的臉從他臉上新長出來。

「阿哥，我阿爹阿娘想再留我兩年。」我很不情願說出這句話。他眼中迸濺出油燈的火星子。

「阿哥，你不要懷疑我。從小到現在，我都是你的。」

「阿哥，你別走！你走慢點！」

「阿哥，秋以為期。我等你，喂，你聽到了沒有？」隔著淇水，我看著他的背影越來越遠，直到我看不到的地方。那個地方會有什麼？天地窅寂無聲，簌簌水鳥劃空而過。

三

「兒啊，過了門就是人家的人了。織布、洗衣、做飯、喂雞、打狗樣樣不能少。我嫁入咱家，才發現這是一間冰冰冷冷的屋子，一丁點熱氣都沒有。我只有嫁來時的一件新衣，縫縫補補，穿了多少年。阿娘陪著每天的星辰落下去，又盯著它們升起來。知道它們在寒冷的夜空中瑟瑟發抖，也知道它們在酷熱的夏夜輾轉難眠。女人，與其說嫁給了一個男人，不如說踏上了一個人的征程。妳啊，執意要去！好，嫁出去的閨女潑出去的水，好自為之吧！」

阿娘的眼淚不能消弭我對未來生活的嚮往。我臉上掛的是幸福的蒸汽。明日，鳳冠霞帔。我就是那個世界上最幸福的人，我擁有一個人的全部內心，我擁有天下。遠方！我呼喚你！

大把大把的矢車菊開放在我的夢裡。十五歲，我的十五歲。

四

我驕傲的成為母親口中樣樣精通的婦女，我摸著頭上髮髻，開開心心地數起天上的星辰。

直到和煦的陽光進我們的戶牖，「起來了，隔壁的趙大哥早就出戶了。」他一把抱住我「妳個小蕩婦，才過門幾天，趙大哥是誰啊？」他的氣息離我那麼近，慢慢變淡，慢慢變散……

「趙大哥說妳長得機靈漂亮，」從門進來他臉上就掩飾不住的興奮。

「趙大哥剛搬來這裡不久吧？」

「是啊！」他摸著我光滑如錦緞的臉，微微透紅。

日子過得如流水，我看著你的時候你也看著我——激烈只是它最初的模樣，但逐漸我們都厭棄了它最初的樣子。

「趙大哥竟然說妳漂亮，媽的！」他醉醺醺的倒在我懷裡，「老光棍，他也配！」油燈下，他迷離的雙眼被焰火拉的變形，我才發現，他的眼睛那麼陌生。

「妳看什麼，他今天為什麼幫妳提水？」他猛地直起身來，紅血絲在他眼中張牙舞爪，不知何時，他的鬍鬚上掛滿的是亂七八糟的污穢。我眼中那個鬍鬚剛硬的小夥子一閃而過。「因為我的手臂受了傷，」我淡淡的說。他握緊了拳頭，「什麼時候？小婊子，妳要騙我麼？」一記拳頭重重地砸在我的心上，眼淚從眼眶流出來滲在心裡。「我以為你知道。」「我怎麼會知道？」「之前的阿哥會知道！」

我奪門而出，腦海裡浮現出阿娘的身影，我在黑黢黢的夜裡對著青著臉的山哭，對著夜嗚的狼哭，對著鬼哭。

趙大哥在不遠處說：「姑娘，這是妳選的路。」

趙大哥有一個妹妹，他說，女人，命苦。他為我講了一夜的故事。故事裡，有關於女人的結局。

故事從這裡開始，也從這裡結束。

我走進那間屋子，母親說得對，沒有一絲兒熱氣兒。

「趙大哥娶了媳婦兒，水嫩吶！」我下意識摸了摸自己的臉，風霜雨雪和著淚，它早已不是當初的模樣。

剛進門他就臉上掩飾不住的興奮。他的氣息從我鼻翼前搧過去，渾濁的味道讓我幹嘔。

「妳有啦？」

「跟你有關係麼？」我嗆了他一句，「我摔斷腿，割破手都不是跟你沒關係麼？你只管喝酒就是了。」我心裡想。

「老子揍死妳！」當日他握緊的拳頭終於真實的落了下來。疾風速雨，風卷殘荷。

我以為我會這樣一直靜靜地躺在床上，直到第四天，我隱隱從眼角看到了外面的一縷光，第五天，看到一團光，第六天勉強睜得開眼，最後我又一次看到了這個世界，在我眼前，驀然一新。

我思索著我怎麼跟阿娘交代，我說娘，我們倆走了一條路，還是說，娘，我迷路了。

我失去了我的孩子，沒錯！是他的阿爹親手葬送了他。

我沒臉回娘家。

那麼哭麼？不！

對，趙大哥的妹妹，你的命更苦，我不恨你。

五

「淇水湯湯，漸車帷裳」，當日，那大紅的轎子意氣風發，飛濺起的水花還歷歷在目。當日，母親蒼白著頭髮，乾枯著眼睛站在淇水那一岸，目送她走向遠方。當日，鳳冠霞帔，鼓聲震天，日月消色。當日，她十五歲，滿山滿野矢車菊送她出嫁。

這一年盛夏，迎接我的又是什麼花？

我坐在轎子裡，掀起簾子，看著外面不知名的花兒，有的弱不禁風，在風的強勢下一浪浪低下了頭；有的枝桿纖細，微微揚起頭，在風中搖擺；有的秀姿挺拔，在風中頷首微笑。

「妳是哪一棵？」我悄悄地問自己。

作者小傳

賀媛霞，女，一九九四年出生於內蒙古鄂爾多斯市。就讀於寧夏大學，是人文學院漢語言文學文秘專業十三級的一名本科生，二〇一五年秋季來東海大學訪學半學年。喜歡文學，喜歡文字，喜歡挑戰，喜歡不一般。

咬春

鄒惠安

一口一口啃著鮮紅的蘿蔔，每咬下一口都發出清脆的響聲，脆的口感，帶著一股勁。整個人清爽了許多，蘿蔔的香甜和獨特的滋味，帶著一股甜，和淡淡的鹹和辛。我已經有信心將一切放下，我是什麼都沒了，心就像是被掏空了一樣。但還有我的家後的整片山谷，裡面有蘿蔔、有蕪菁，牠們也陪了我大半輩子，我也不吝嗇地將牠們分給了你們。我家門前的小河流裡，還有一個個魚笱，清澈的河水透著小魚小蝦的嬉戲，牠們穿梭在一塊一塊肉色的石頭間。你們的情啊、愛啊，我的心已經無法負荷了，就讓這些地方來包容吧！

十六歲那年嫁入你家，我遵行三從四德，未曾與你大呼小叫。你卻對著我發了怒，而那隻小野貓你讓著她的潑辣、她的不做作，甚至更愛上了。我像家裡面擺久的花瓶，久了再也不多看一眼，也懶得再擦拭。她是市場裡頭賣的小玩意，精緻而有趣，每一次都能帶來驚喜。那天我提早採了蘿蔔回來，回去看你在家門口，向著綿延不絕的河對她說了「永遠不分離」。雪白蘿蔔滾了一地，你問我今天的菜怎如此的苦，哀呀，這可是苦菜怎能不苦，我的內心更苦、更苦、更苦、更苦……。靦腆的笑了一下，我到了廚房將蘿蔔洗淨，切了片，舉起，透著月光，我的靈魂飛了，我也透著月光。

男人呀，或許你的心裡有我的位置，我坐的是板凳，而她坐的是一張大床。一大清早，透著薄薄的霧，我便從娘家回來了。摘了一些你最愛的蘿蔔，切成了片，進了房門，剎那我被整個春天給困住了，或許我早就已經被困了很久。「滾！」躺在廚房的木柴堆裡，木柴的濕冷取代了熟悉的體溫，依稀記得我是給人拖過來的，我的腳嵌了石頭走不動，上天呀告訴我，這只是夢好嗎？自那天起，我就當你的打、你的罵，只是一時情緒，而不是真心想要這樣待我。

大紅花轎，吵得沸沸揚揚、轟轟烈烈，啃著蘿蔔，坐在冰涼涼石頭上，痴痴地望著一架又一架的轎子、花車、聘禮和樂隊……。多浩大的場面呀，撒的都是金子、銀子，都是我的血、我的汗。男人呀，你要知道女人心中是容不下第二個女人的。我信的、我信的，我信你只是一時傻、一時看不清誰真的對你好、真的愛你。我的心中也沒有第二個男人像你一樣的，一生中的男人只能是你，你是我的最愛。我願意看著你們兩個人在一起，我也希望你能快樂，我不會再哭、不再鬧、不給你添晦氣。我會愛屋及烏，不爭風吃醋，我們可以三個人一起快樂的生活在一起。

我們真的能永遠在一起了，河水混濁了帶了點鮮紅，到後山採了你最愛的蘿蔔，這蘿蔔有你的呵護。你們家鄉認為吃蘿蔔能消除冬季的睡意，迎接美好的春天。每咬一口都清脆的響亮，我願意包容你們，一起在這遲來的春天！

作者小傳

鄒惠安，號昀潔，生逢甲戌年。身寬體胖，著緇衣，自以為他人呼：「瘦也。」余不語，實詼諧在內，每每暗笑而得內傷，仍面不改色。

電影〈相思〉

吳妍

字幕：第一幕　故事以《詩經．君子于役》的時代為背景，情節雜糅〈卷耳〉、〈螽斯〉、〈桃夭〉、〈靜女〉、〈采葛〉、〈狡童〉、〈伯兮〉、〈柏舟〉、〈擊鼓〉等篇。

第二幕　東周末年，周王室衰微，各地諸侯紛紛起兵稱王，連年的戰爭致使民不聊生。故事就發生在東周洛邑一帶的一個鄉村，因為戰爭，這個村子就像一座荒廢已久的大院子，衰敗、頹廢，但事實上這裡還生活著幾十戶人家。

一　場景：鄉下田野小路

人物：楊盼兮（女主角）

時間：黃昏

望不盡的衰草，在夕陽的影子裡氤氳、蔓延，直至充斥路盡頭那個女子的心頭。她似乎站了很久了，夕陽慢慢落到荒草裡，路的另一頭慢慢顯現出一個人影，她認得他，是村東頭的王老大，是他牽著他村裡僅有的牛回來了，她意識到這一天就要結束了。回來時，村子裡的雞、鴨已進窩，稀拉拉的炊煙已消散，她走進屋裡，拿出鍋裡的羹湯，又拿了兩雙筷子擺在桌子上，看了看，又像是等了等，才默默的開始吃飯。

二　場景：茅草屋

人物：楊盼兮

時間：深夜

解衣上榻，她緊緊地裹著被子，靜靜地聽著，想著他下一刻就會敲門。她想著他回來時，她如何向他道相思離別苦，她想著為他做最喜歡的飯菜，她想在外面打仗一定吃不飽也穿不暖，他應該瘦了吧，不過，沒關係，等他回家，她一定頓頓做好吃的，自己在家沒有吃多少苦就少吃些。她想像和他一起吃飯時的情景，兩個人可以聊天，那麼開心，不過第一天，要少說一些，這樣他可以早些洗澡，睡覺。不，要等三四天，要讓他休養幾天，反正已經回來了，有的是時間了！想到這裡，她輕輕的笑了。忽然，屋外，門「嘎吱」一聲響了，她驚跳起來，匆匆跑到門外，是他回來了嗎，可是她張望了好一會兒，又失魂落魄的走回來，又是風啊，頓時淚如雨下。她重新躺下，一時什麼也不能想，失望快使她喘不過氣來了，昏昏沉沉的似睡非睡……

我躲在城牆一隅，看他搔首踟躕，不知如何是好的樣子，忍不住掩嘴輕笑，希望他看不到我，又盼他能找到自己，本想讓他再等等，可自己卻先等不及，跑過去見他，送他彤管，看他珍若獲寶，自己也欣喜若狂，剛剛分手，又急切想見到他，簡直就是一日不見兮，如隔三秋。有一次，他故意裝作不和我說話，不和我一起吃飯，讓我焦急、擔憂，甚至緊張到不能呼吸。等到結婚的那天，大家一起來祝賀我們，言我如螽斯般宜爾子孫，如夭桃般宜其家室，他拉著我的手，要和我一起到老。一幕幕清晰地顯現在腦中，直到天亮，雞鳴喈喈，才慢慢的睡著。

三　場景：野外荒田

人物：楊盼兮、隔壁老婆婆、其他鄰居

時間：上午

家中米糧所剩不多，野菜也都吃完了，她便與鄰居商議明天一起去田裡摘野菜。第二天，等露水乾後，大家便出發了。她很能幹，一會兒功夫便採了半籃，她望著遠方，陷入了自己的沉思，忽然，有人用胳膊肘拐了拐她，她驚慌的望過去，是隔壁的老婆婆。

她輕喊了聲：「婆婆。」

隔壁老婆婆：別看了，回不來了！

女主角：不會的。（頭低得更低了）

隔壁老婆婆：哼，以往能回來幾個？我說妳啊，趁咱們村還有年輕人，正經還是再找個男人嫁了吧。不然妳這一個人能撐幾時，等他回來了，妳早就餓死了。

女主角：我們發過誓，至死矢靡它，要一起偕老。

隔壁老婆婆：哎呦，別傻了，那是你們年輕人說，真能做到的有幾個啊！別想了，妳這摸樣，再嫁也有人爭著要，我看呢，狗蛋家就不錯。

女主角：婆婆，等等再說吧！

隔壁老婆婆：我這是為妳好，妳這熬得了幾時，他回來也不會怪妳的，這人總得活下去啊。

她默然無語。

婆婆等不著一句回話，知道她還是不願意，歎了一口氣，就走開了。

她一葉葉的採著，不知何時已流下淚水，打在葉子上，濺到手上，她慌忙擦掉，急忙忙的捋兩下。

四　場景：野外荒田

人物：女主角、隔壁老婆婆、其他鄰居

時間：上午

隔壁老婆婆又走了過來，笑嘻嘻地遞給她一根草。

隔壁老婆婆：這是萱草，又叫忘憂草嘞，妳嚐嚐，說不定還真就忘了呢。

她拿著這根草，呆呆的看著，真的能忘掉嗎？

不知誰喊了一聲：回去，她回過神來，小心的把它放在籃子裡，收拾了一下，就和大家一起回家了。

五　場景：茅草屋

人物：楊盼兮

時間：午後

小小的屋子因為空盪顯得格外大，甚至她心裡都有點害怕。她找出那根忘憂草，轉過來碾過去，忽然，她走到灶台前，扔了進去。

與其忘掉，我寧願記得，即使這讓我心痛如絞。

六　場景：村莊外景

野草在晝夜的交接更替下慢慢枯萎，被風吹走，她仍然等著他，起初她還能去外面張望，慢慢的她只能倚著門框望眼欲穿。

七　場景：茅草屋裡

人物：女主角

時間：黃昏

又是一個黃昏，她躺在床上，焦急的等著夜的到來，因為夜會讓她想起與丈夫初見時的情景，會有短暫的幸福與美好，對於如今的她來說，這是她僅有的了，如果在回憶中離開，也是不錯的了，至少還有他的陪伴，哪怕只是個虛影。今晚她沉沉的睡著了，夢見了許久許久未見的丈夫。

八　場景：軍帳裡

人物：男主角

時間：深夜

他愛戀的撫摸著彤管，想著初見時的她，白嫩的手，秋水般的眼，閃著羞澀，又流淌著情義，漸漸地，他在疲倦與回憶中睡著了。

九　場景：一場夢裡

人物：女主角、男主角

時間：白天

他們做了同一個夢。他們終於相見了！在一片樂園中，癡癡地望著對方，久久無語，可是，當男主角奔向女主角，想擁抱她時，她卻慢慢消逝了，天也漸漸黑了下來。

十　場景：芳草萋萋，墳墓林立

時間：秋季

任你如花美眷，憑你大好年華，到頭來，還是一抔黃土掩艷骨！

主題曲：

情願嚐盡相思苦，情願嚐盡相思甘，箇中滋味，只為你，只為你但是相思仍在流，但是情意久長在，等你一生，又何妨，又何妨。

作者小傳

吳妍，就讀寧夏大學，來東海大學交換一學期。家鄉山東省青島市，一生努力追求，她希望將來的墓誌銘可以這樣寫：這裡睡著一個「自然」。

願言思伯

張仕蕙

伯兮朅兮，邦之桀兮。伯也執殳，為王前驅。
自伯之東，首如飛蓬。豈無膏沐，誰適為容。
其雨其雨，杲杲出日。願言思伯，甘心首疾。
焉得諼草，言樹之背。願言思伯，使我心痗。

總是離你
一個思念的距離

想你的時候
閉起嘴巴呼喊你的名字
知道你聽不到的，那些

就交由我來守護

風裡雨裡
把思念裹著忘憂草一起種下
細數夜裡你曾走過的足跡
為自己的影子剪燭
任由髮絲散成思念的形狀
這是我想你的方式

捧心蹙眉
也要想你

作者小傳

張仕蕙，個子不高、性格文靜，身邊充滿小熊維尼的臺南女孩。

〈鄭風・遵大路〉

何蕙君

遵大路兮，摻執子之袪兮，無我惡兮，不寁故也。
遵大路兮，摻執子之手兮，無我魗兮，不寁好也。

我和你的距離
比小徑長比擁抱短
再走進一步
就要互相傷害了

是風
把你手中的溫柔吹熄了
從此我便沒有方向

忘記了所有潮起潮落
我沒有臨摹你的天賦

請不要討厭，那
迷失在空洞目光的雨
被思念捏皺的袖口

還是會遷徙
寓居在你的袖裡
你曾是避冬的時節

作者小傳

何蕙君，喜歡雨天、讀詩、琵琶。

〈王風．黍離〉圖像詩

李妤婕

〈王風．黍離〉在寫作上，採複沓曲式，反覆詠嘆不被了解的憂傷情懷；此詩中以行邁靡靡，生動描寫詩中主人翁的步伐，因受心情影響而沉重拖沓。「彼黍離離……」高粱發新苗了、結穗了、結實纍纍，我卻心中憂忡不安，有如醉酒般拖著這副皮囊形體，不被了解之苦，便如異物噎喉難以言表！如此心境，難與人言、難有人解……於此之時，也只能望天長嘆：「悠悠蒼天，此何人哉……？」

於此情景，反覆背誦、朗讀，常令人心有所感、難以忘懷，詩中字字句句，常在心中繪出一幅美妙而憂愁的圖畫；故將此經典名著，以圖像詩手法現代化，加入山川流水、路邊孤樹、角色形象、詩文天光，以此繪出心中情景，以抒〈黍離〉詩中，為我們所帶來的優美情懷。

雲白　白雲　雲白　雲白　白雲　雲白　白雲　烏雲　霧氣　白雲　雲白　白雲　雲白　日光　白雲　雲白　烏雲　白雲
悠　　　　悠　　　　蒼　　　　天
雲白　白雲　雲白　雲白　白雲　雲白　白雲　烏雲　霧氣　白雲　雲白　白雲　雲白　日光　白雲　雲白　烏雲　白雲
杉檜杉杉檜杉　　徑　川　川　川　徑　　杉檜杉杉檜杉
柏杉柏柏杉柏　　徑　川　川　川　徑　　柏杉柏柏杉柏
徑　川　川　川　徑
柏杉柏柏杉柏　　徑　川　川　川　徑　　柏杉柏柏杉柏
杉檜杉杉檜杉　　徑　川　川　川　徑　　杉檜杉杉檜杉
徑　川　川　川　徑
徑　靡　　　徑
徑　靡　　　徑
杉檜杉杉檜杉　　徑　邁　　↑　　徑　　杉檜杉杉檜杉
杉檜杉杉檜杉　　徑　行　　「　謂不謂　　徑　　杉檜杉杉檜杉
杉檜杉杉檜杉　　徑　　心心心　　知我知我　　徑　　杉檜杉杉檜杉
徑　彼黍　心噎心　實　我心我何　　徑葉
徑　離離　心心心　彼稽之　者憂者求　　徑
杉檜杉杉檜杉　徑　靡　　，，，。」　徑　杉檜杉杉檜杉
柏杉柏柏杉柏　葉徑　靡　　↑　　徑　柏杉柏柏杉柏
徑　邁　　「　謂不謂　　徑
田田田田　徑　行　　知我知我　　徑　柏杉柏柏杉柏
田　田　徑　　心心心　　我心我何　　徑　杉檜杉杉檜杉　　首頂首
田田田田　徑　彼黍　心醉心　穗　者憂者憂　　徑徑　　耳目　目耳
徑　離離　心心心　彼稽之　，，，。」　徑葉　杉檜杉杉檜杉　　鬢　鼻　鬢　　「此
葉徑　靡　　徑　杉檜杉杉檜杉　　髮　口　髮　　何
徑　靡　　↑　　徑　　肩頸肩　　人
徑　邁　　「　謂不謂　　徑　　手身胸身手　　哉
徑　行　　知我知我　徑　田田田田田田田　　手　腰腹腰　手　　？」
徑　　心心心　　我心我何　徑　田　　田　　手　腰腰腰　手
徑　彼黍　心搖心　苗　者憂者求　徑　田　屋　田　　腿腿
徑　離離　心心心　彼稽之　，；，。」　徑　田　　田　　腿　腿
徑　　　徑葉　田田田田田田田　　腿　　腿
鞋　　鞋

文化生活叢書·藝文采風 1306016

詩經文藝

主　　編　呂珍玉
責任編輯　吳家嘉
特約校稿　林秋芬

發 行 人　陳滿銘
總 經 理　梁錦興
總 編 輯　陳滿銘
副總編輯　張晏瑞
編 輯 所　萬卷樓圖書(股)公司
排　　版　游淑萍
印　　刷　百通科技(股)公司
封面設計　斐類設計工作室

發　　行　萬卷樓圖書(股)公司
臺北市羅斯福路二段 41 號 6 樓之 3
電話　(02)23216565
傳真　(02)23218698
電郵　SERVICE@WANJUAN.COM.TW
大陸經銷
廈門外圖臺灣書店有限公司
電郵　JKB188@188.COM
香港經銷
香港聯合書刊物流有限公司
電話　(852)21502100
傳真　(852)23560735

ISBN 978-986-478-002-0
2016 年 10 月初版二刷
2016 年 5 月初版
定價：新臺幣 400 元

如何購買本書：
1. 劃撥購書，請透過以下帳號
   帳號：15624015
   戶名：萬卷樓圖書股份有限公司
2. 轉帳購書，請透過以下帳戶
   合作金庫銀行　古亭分行
   戶名：萬卷樓圖書股份有限公司
   帳號：0877717092596
3. 網路購書，請透過萬卷樓網站
   網址　WWW.WANJUAN.COM.TW

大量購書，請直接聯繫，將有專人為您服務。(02)23216565　分機 10

國家圖書館出版品預行編目資料

詩經文藝 / 呂珍玉主編. -- 初版. -- 臺北市 : 萬卷樓, 2016.05
面 ；　公分. -- (文化生活叢書. 藝文采風)
ISBN 978-986-478-002-0(平裝)

1.詩經 2.文集

831.107　　105007634